윤오영 산문선

곶감과 수필

수필클래식 1

곶감과 수필

초판 1쇄 발행 2022년 4월 28일

지은이 | 윤오영
엮은이 | 정민
펴낸곳 | (주)태학사
등록 | 제406-2020-000008호
주소 | 경기도 파주시 광인사길 217
전화 | 031-955-7580
전송 | 031-955-0910
전자우편 | thspub@daum.net
홈페이지 | www.thaehaksa.com

편집 | 조윤형 여미숙 김선정
디자인 | 한지아
마케팅 | 김일신
경영지원 | 이정은

책임편집 | 조윤형
북디자인 | 김희량
본문조판 | 한지아

값 12,500원
ISBN 979-11-6810-048-0 03810

수 필
클래식
1

윤오영 산문선

곶감과 수필

정민
엮음

태학사

차례

일러두기

1. 이 수필집은 윤오영의 제1수필집 『고독의 반추』(1974, 관동출판사)와 『방망이 깎던 노인』(1976, 범우사) 등의 수필집과 『수필문학입문』(1975, 관동출판사)에 수록된 작품들 중에서 가려 뽑은 것이다.

2. 주제와 내용을 고려하여 새롭게 배열하였고, 한자는 한글로 고치고 필요한 경우에만 한자를 병기하였다.

3. 표기법은 지금에 맞추어 고쳤고, 간혹 너무 어려운 한자말은 원래 뜻을 해치지 않는 범위에서 우리말로 바꾸었다.

4. 중간에 인용된 한시와 한문 원문은 독자의 편의를 위해 번역문을 붙였다.

달밤

내가 잠시 낙향해서 있었을 때 일.

어느 날 밤이었었다. 달이 몹시 밝았다. 서울서 이사 온 웃마을 김 군을 찾아갔다. 대문은 깊이 잠겨 있고 주위는 고요했다. 나는 밖에서 혼자 머뭇거리다가 대문을 흔들지 않고 그대로 돌아섰다.

맞은편 집 사랑 툇마루엔 웬 노인이 한 분 책상다리를 하고 앉아서 달을 보고 있었다. 나는 걸음을 그리로 옮겼다. 그는 내가 가까이 가도 별 관심을 보이지 아니했다.

"좀 쉬어가겠습니다." 하며 걸터앉았다. 그는 이웃 사람이 아닌 것을 알자,

"아랫마을서 오셨소?" 하고 물었다.

"네. 달이 하도 밝기에……."

"음! 참 밝소." 허연 수염을 쓰다듬었다. 두 사람은 각각 말이 없었다. 푸른 하늘은 먼 마을에 덮여 있고, 뜰은 달빛에 젖어 있었다.

노인이 방으로 들어가더니 안으로 통한 문소리가 나고 얼마 후에 다시 문소리가 들리더니, 노인은 방에서 상을 들고 나왔다. 소반에는 무청김치 한 그릇, 막걸리 두 사발이 놓여 있었다.

"마침 잘 됐소, 농주 두 사발이 남았더니……." 하고 권하며, 스스로 한 사발을 쭉 들이켰다. 나는 그런 큰 사발의 술을 먹어 본 적은 일찍이 없었지만, 그 노인이 마시는 바람에 따라 마셔 버렸다.

이윽고,

"살펴 가우." 하는 노인의 인사를 들으며 내려왔다. 얼마쯤 내려오다 돌아보니, 노인은 그대로 앉아 있었다.

소녀

고개 마루턱에 방석소나무가 하나 서 있었다. 예까지 오면 거진 다 왔다는 생각에 마음이 홀가분해진다. 이 마루턱에서 보면 야트막한 산 밑에 올망졸망 초가집들이 들어선 마을이 보이고, 오른쪽으로 넓은 마당 집이 내 진외가로 아저씨뻘 되는 분의 집이다.

나는 여름방학이 되어 집에 내려오면 한 번씩은 이 집을 찾는다. 이 집에는 나보다 한 살 아래인, 열세 살 되는 누이뻘 되는 소녀가 있었다. 실상 촌수를 따져 가며 통내외까지 할 절척도 아니지만 서로 가깝게 지내는 터수라 내가 가면 여간 반가워하지 아니했고, 으레 그 소녀를 오빠가 왔다고 불러내어 인사를 시키곤 했다. 소녀의 몸매며 옷매무새는 제법 색시 꼴이 백이어 가기 시작했다. 그때만

11

해도 시골서 좀 범절 있다는 가정에서는 열 살만 되면 벌써 처녀로서의 예모를 갖추었고 침선이나 음식 솜씨도 나타내기 시작했다.

집 문앞에는 보리가 누렇게 익어 있었고, 한편 들에서는 일꾼들이 보리를 베기 시작했다. 나는 사랑에 들어가 어른들을 뵙고 수인사 겸 이런 이야기, 저런 이야기로 얼마 지체한 뒤에 안 건넌방으로 안내를 받았다. 점심 대접을 하려는 것이다. 사랑방은 머슴이며 일꾼들이 드나들고 어수선했으나, 건넌방은 조용하고 깨끗했다. 방도 말짱히 치워져 있고, 돗자리도 깔려 있었다. 아주머니는 오빠에게 나와 인사하라고 소녀를 불러냈다. 소녀는 미리 준비를 차리고 있었던 모양으로 옷도 갈아입고 머리도 곱게 매만져 있었다. 나도 옷고름을 다시 매만지며 대청으로 마주 나와 인사를 했다. 작년보다도 훨씬 성숙해 보였다. 반쯤 닫힌 안방 문 사이로 경대 반짇고리들이 한편에 놓여 있는 것이 보였다. 지금 막 건넌방에서 옮겨 간 것이 틀림없었다. 아주머니는 일꾼들을 보살피러 나가면서 오빠 점심 대접하라고 딸에게 일렀다. 조금 있다가 딸은 노파에게 상을 들려 가지고 왔다. 닭국에 말은 밀국수다. 오이소박이와 호박눈썹나물이 놓여 있었다. 상차림은 간소하나 정결하고 깔밋했다. 소녀는 촌이라 변변치는 못하지만 많이 들어 달라고 친숙하고 나직한 목소리로 짤막한 인사를 남기고 곱게 문을 닫고 나갔다. 남창으로 등을 두고 앉았던 나는 상을 받느라고 돗자리 길이대로 자리를 옮겨

앉아야 했다. 맞은편 벽 모서리에 걸린 분홍 적삼이 비로소 눈에 띄었다. 곤때가 약간 묻은 소녀의 분홍 적삼이. 나는 야릇한 호기심으로 자꾸 쳐다보지 아니할 수 없었다. 밖에서 무엇인가 수런수런하는 기색이 들렸다. 노파의 은근한 웃음 섞인 소리도 들렸다. 괜찮다고 염려 말라는 말 같기도 했다. 그러더니 노파가 문을 열고 들어왔다. 밀국수도 촌에서는 별식이니 맛없어도 많이 먹으라느니 너스레를 놓더니, 슬쩍 적삼을 떼어 가지고 나가는 것이었다. 상을 내어갈 때는 노파 혼자 들어오고, 으레 따라올 소녀는 나타나지 아니했다. 적삼 들킨 것이 무안하고 부끄러웠던 것이다. 내가 올 때 아주머니는 오빠가 떠난다고 소녀를 불렀다. 그러나 소녀는 안방에 숨어서 나타나지 아니했다. 아주머니는 "갑자기 수줍어졌니? 얘도 새롭기는." 하며 미안한 듯 머뭇머뭇 기다렸으나 이내 소녀는 나오지 아니했다. 나올 때 뒤를 흘깃 훔쳐본 나는 숨어서 반쯤 내다보는 소녀의 뺨이 확실히 붉어 있음을 알았다. 그는 부끄러웠던 것이다.

붕어

내 세간 난 지 얼마 아니 해서, 봄이 왔다. 양지
편에 핀 진달래는 아직도 추워서 꽃잎이 파랗게 질려 떨고 있는
것 같았다. 우리는 마루 끝에서 햇볕을 쪼이고 있었다. 방보다 따
뜻하기 때문이다. 금붕어 이고 가는 장사. 마치 새봄을 담뿍 실어
다 주는 듯. 어항과 금붕어 몇 마리를 샀다. "조것은 알뱄나 봐요."
아내는 한 놈을 손가락으로 가리켰다. "흥, 제법 배가 똥똥하지."
하고 웃어 보였더니 아내도 낯을 잠깐 붉히며 웃었다. 물을 날마다
갈아 주고 하느라고 했건만 한 마리, 두 마리 죽어 가고 빈 어항이
돼 버렸다. 대신 냇붕어를 잡아다 길렀다.

아내가 근친 가던 어느 날, 불을 끄고 혼자 누웠으려니까 미묘한
소리가 들려왔다. 낙숫물 듣는 소리 같기도 하고, 어찌 들으면 햇병

아리 소리 같기도 하고, 어찌 들으면 차 끓는 소리 같기도 하고, 그러나 훨씬 작은 소리, 생각하면 눈 녹는 소리 같기도 했다. 불을 켜고 주위를 살펴봤다.

붕어 물 먹는 소리를 들어 본 사람이 있는지? 그것이 바로 붕어들이 물 먹는 소리였었다. 여러 놈이 입을 모으고 뻘죽뻘죽 물을 들이켜고 있었다. 입귀에서 좁쌀 같은 물방울이 생겼다 꺼졌다 한다. 금붕어보다 냇붕어가 좋았고, 노는 것보다 밤에 물켜는 소리가 더 신비롭다고 생각했다.

어느 날 밤, 이슥토록 누워서 책을 보다가 일어나 앉아 담배를 피우려니까 옆에 지켜 앉았던 아내가 나를 가만히 건드리며 신기한 듯이 "저 소리 들려요? 붕어 물 먹는 소리예요." 한다. "아까는 더 크게 똑똑히 잘 들렸는데……." 둘이서 어항을 가까이 들여다본다. 물 키는 소리보다 벌름벌름 마시는 그 입들이 더욱 귀여웠다.

사발시계

철화로, 사발시계, 이것이 내가 갓 세간 나서 내 손으로 처음 장만한 세간이었다. 장롱 위의 똑딱똑딱 시계 소리를 들어 가며 우리 젊은 내외는 철화로 가에서 밥을 먹었다. 새벽녘이면 따르릉 시계 소리에 아내는 부엌으로 나갔고 나는 비를 들고 마당으로 내려갔다. 저녁때면 철화로에서는 된장찌개가 끓었다. 혹은 아내의 김을 굽는 모습이 보이기도 했다. 흰 맥기를 한 사발시계는 간소한 우리 방 안에서 제법 빛났고, 철화로는 아내의 기름걸레에 반들반들 길이 들었다. 이 시계는 근 수십 년 사용되었고, 그동안 내 생활도 많은 변화를 가져왔다. 어린것들이 하나둘 늘었고 구지레한 세간들도 지저분하게 늘었다. 아내의 얼굴에는 주름살이 지기 시작했다. 철화로는 부엌 세간으로 강등을 하여 존재조차 잃어버렸고, 시계만이 문갑 위에서 긴긴 밤을 나와 같이했다. 나는 아내 얼굴보다도 시계 소리와 더 교분이 가까워졌다. 그렇게 충실하던 시계가 고장이 잦더니 이내 안 가고 말았다. 그의 수명은 끝난 것이다. 가지 않는 시계는 소용없는 파쇠다. 광 속에서 굴러야 했고, 또 내 기억에서 떠나야 했다.

어느 날 어린 놈이 헌 시계를 주고 엿을 사 먹는다고 내닫기에 보니 광 속에서 이 시계가 굴러 나온 것이 아닌가. 잊어버렸던 이 시계가. 세 가락의 엿과 바꾼다기에 돈을 대신 주고 시계를 받아 먼지를 털고서 문갑 위에 놓아 봤다. 과거의 가지가지 회상이 떠올랐다. 결딴난 시계 꼴을 바라보며 점점 나도 이것을 닮아 가지, 하고 생각했다.

수십 년 근속하던 충실한 시계다. 비록 노구일망정, 아니 시체일망정, 엿 세 가락에 쳐주기에는 너무 괄시요 푸대접이다. 나는 뒷뜰로 들고 가서 땅을 파고 깊이 묻어 버렸다. 고담古談에 나오는 충견묘忠犬墓처럼 시계묘를 만들 작정은 아니지만, 처리할 수 없는 모든 것은 흙으로 돌아가는 것이 좋고 마땅하다 생각했다.

사람의 생각이란 기묘하지 아니한가. 생곱스리 까마득한 일이 떠오르기도 하고 아무 상관도 없는 데서 얼토당토아니한 생각을 끌어오기도 하고…….

지금 나는 부엌 구석에서 혼자 구부리고 무 구덩이를 파고 있는 아내의 뒷모습을 내다보며 십여 년 전, 잊어버렸던 조그마한 일을 생각해 낸 것이다. 그렇다. 시계를 파묻던 것도 생각하니 옛날 일이요, 지나간 낭만이다.

"여보 다 팠소?"

"이제 다 됐어요."

대견한 듯한 대답이다.

"전에 내가 시골서 시계를 묻은 적이 있었지!"

"뭐요?"

무슨 소린지 모르는 모양이다. 그럴 노릇이다. 알 턱이 없다. 나혼자 웃었다. 아내는 돌아서서 손을 씻는다. 머리털이 바람에 날려 희끗희끗하다.

"당신 많이 늙었구려."

힐끗 쳐다본다.

"그럼 늙지 않구."

"아니, 당신 뒷모습이 아직도 새댁 같아서……."

"싱겁긴!"

이것으로 우리 부부의 대화는 끝났다. 오십이 넘은 그는 이런 말이 이제는 싱거웠고, 사발시계를 난데없이 생각해 낸 나는 이런 싱거운 말이 나왔다. 무 구덩이를 파는 아내의 뒷모습과 십여 년 전 시계를 묻던 일과 무슨 연관성이 있으랴. 오늘따라 맑고 갠 하늘에 따스한 볕이 고요한 뜰에 깃드니 옛 그림자가 스스로 거울 위에 떠오른 것이다. 시계를 묻던 그 시절의 낭만이 애상적이라면, 무 구덩이를 파는 자태는 자못 현실적인가. 그러나 현실적인 그 생활의 투쟁에도, 바람에 약간 날리는 모발은 또한 애상적이다. 이리하여 우리는 때때로 잊었던 옛 추억 속에 늙어 가는 것인가. 과거와 미래는 한 평면경 위에서 광선에 따라 번쩍이고 사라지는 하나의 점일지도 모른다. 시간이란 벌써 공간에 대립되는 의미는 아니다. 시계는 묻었어도 생각에 남아 있고, 시간은 가도 시계는 묻히어 있고⋯⋯ 화로에 기름걸레질을 하며 김을 굽던 아내는 지금도 구부리고 무 구덩이를 파고 있다. 나도 젊음과 늙음이 한데 겹쳐 창 안에 지금 존재하고 있다. 이십 년이니 삼십 년이니 하지만 살아 있는 동안의 모든 사실은 같은 한 시간 위에 서 있는 것이 아닌가.

농촌

아까부터 찌는 듯한 날씨에 검은 구름이 몰리더니 마루턱에 오자 금방 비가 쏟아질 듯했다. 땀을 흘리며 걸음을 재쳐 동구洞口까지 왔을 때는 빗방울이 듣기 시작했다. 동구 안에는 기와집이 한 채 있으나 첩첩이 닫힌 폐옥이요, 안채로 붙은 작은 초가에서만 사람 소리가 났다. 맞은편 시냇가에 우뚝 솟은 수각水閣이 눈에 띄었다. 우선 그리로 올라갔다. 비는 장대같이 쏟아지기 시작한다. 우선 비를 피하니 다행하고, 난간을 의지하여 빗소리를 듣는 운치도 제법 상쾌했다. 그러나, 그칠 줄 알았던 비는 좀체로 그치지 않아 장마철 같았다. 그만 누운 채 잠이 들어 버렸다. 더위에 시달리고 걸음에 지쳤던 판이라 세상 모르고 자다 깨 보니, 비는 그치고 냇물이 창일하게 흐른다. 저녁때가 다 된 것 같았다.

갈 길이 걱정이고 시장기까지 났다. 초가집 일각문으로 한 부인이 목판을 들고 아이를 앞세우고 수각으로 향해 오고 있었다. 어느새 부인은 수각 앞에 와 서 있고 아이놈이 목판을 받아 내 앞에 놓으며 "손님, 잡수세요." 한다. 밀젬병, 초장, 오이김치, 참외 들이다. 의외의 일에 놀라 웬 일이냐고 물었더니, "비에 막혀 못 가시는 것 아니에요? 아침 나절에 오셔서 지금까지 점심도 안 하셨으니 잡수시래요, 우리 어머니가!" 일어서서 인사를 하려고 했더니 부인은 벌써 돌아서서 가고 있고, 아이놈도 달아나듯 가 버린다. 고맙기도 하려니와, 시장한 판이라 모두가 진미다. 먹으며 보니 수각의 풍경도 일층 아름답다. 물소리는 옥을 쪼는 듯하고. 엉뚱한 생각으론, 약주나 한 병 곁들이고 부인이 나와 대화나 해 준다면 여기가 곧 연화봉蓮華峰이 아닌가.

아이놈이 냉수를 떠 가지고 왔다.

"네 성이 뭐냐?"

"김해 김가예요."

"몇 살이냐?"

"열한 살이에요."

"학교에 다니니?"

"아뇨, 놀아요. 읍에나 학교가 있지 여긴 없어요."

"내가 아침에 와서 이 정자에 종일 있는 것을 어떻게 아시니?"

"집에서 다 보이는걸요."

"집에 아버지 계시냐?"

"어머니랑 나만 집 보고 있어요."

나는 목판을 내주며,

"아버지나 형님이 계시면 가서 '고맙습니다'고 인사를 드려야 할 터인데, 어머니만 계시다기 바로 가니, 어머님께 '고맙습니다'구 잘 말씀 여쭈어라."

"네, 안녕히 가세요."

그리고 헤어졌다(그때만 해도 남녀 간에는 직접 대화를 하지 않는 것이 예의였었다). 그 농촌 부인의 순박하면서도 의젓하던 모습! 그리고 아직 남아 있었던 농촌의 순후한 풍습!

조약돌

전등은 나가고 훤한 달빛만이 영창에 어리는 외로운 밤이다. 무심히 머리맡의 조약돌을 만져 본다. 어렸을 때 조약돌이 좋아서 호주머니에 넣고 다니던 일을 생각한다. 이 돌이 언제부터 내 방에 들어왔는지 생각나지 않는다. 꽤 오래전부터다. 어느덧 나는 심심하면 이 돌을 주무르는 버릇이 들었다. 가슴이 울컥하다가도 이 돌을 주무르면 사르르 가라앉기도 한다.

'조약돌 같은 인간.' 불쑥 이런 생각을 하며 픽 웃기도 한다.

이 돌을 물속에 던지면 얼마나 한 파문이 일까. 탐방 가라앉고는 말리라. 자손에게 전해 줌 직한 아무것도 없는 나니, 이 돌이나 유산으로 줄까? 그러나 이 외로움을.

박연암朴燕巖[연암은 박지원의 회] 글에 이런 대목이 있다. 어느 과부가 장속 깊이깊이 싸 두었던 엽전 한 푼을 들고, 세 아들 앞에서 설움의 일생을 하소연한다. 긴긴 밤을 새우기 위하여 이 엽전을 굴리고 굴려서 엽전의 테두리와 글자가 다 닳아 없어졌다는 거다. "이것이 네 어미의 인사부忍死符[죽음을 참게 한 부적]로다."라 했다. 이 조약돌에는 내 외로움의 손자국이 물들어 있다.

이 세상을 떠날 때 누추하고 꼴사나운 시체를 남에게 보이고 싶지 않다. 이불 속에 이 돌 하나만 남겨 놓고 밤새 사라질 수 있다면 얼마나 가뿐하고 깨끗할까.

죽은 후 시체는 살라 버리고, 쓰던 손세간, 필묵 다 살라 버리고, 무덤이나 위패도 필요하지 않다. 다만 내 손으로 이 돌에다 비문 한 줄만 써 두고 가리라. 보이지 않는 약물로, "고요한 밤에 이 돌을 주무르다 간 한 어리석은 사나이가 있었다. 그의 성명과 행장은 이 돌에게 물으라." 이렇게 써서 바닷가 많은 조약돌 틈에 던져 두리라. 그러면 오랜 세월이 지난 뒤에 이 돌의 비문은 우묵우묵 패여 좀먹은 자리같이 뚜렷이 나타나리라. 혹『석두기石頭記』[청대 소설『홍루몽』의 원명]에 나오는 도사가 주워 갈지도 모른다. 또 이것이 기연이 되어『금릉십이차金陵十二釵』[『홍루몽』의 별칭]의 정근情根이 될지도 모른다. 아무것이 되기로 내 알 바 있으랴? '조약돌 같은 인생.' 다시 조약돌을 손에 쥐고 만져 본다. 부드럽고 매끄럽다. 옥도 아닌 것을, 구슬도 아닌 것을, 그러나 옥이면 별것이요 구슬이면 별것이냐.

곱고 깨끗한 것이 부드럽게 내 손에 쥐어지면 그것이 곧 옥이요 구슬이지. 그윽하고 맑은 것이 내 가슴에 울어 주면 그것이 또 거문고다. 빛도 없는 이 옥이, 소리도 없는 이 거문고가 더욱 정겨웁고 아늑하다. 길에 버리면 주워 갈 이도 없을 이 옥이기에, 발에 채이면 돌아볼 이도 없을 이 거문고이기에 더욱 안타까이 어루만져 본다.

찰밥

찰밥을 싸서 손에 들고 새벽에 문을 나선다. 오늘 친구들과 소풍을 가기로 약속을 하고 점심 준비로 찰밥을 마련한 것이다.

내가 소학교 때 원족遠足을 가게 되면 여러 아이들은 과자, 과실, 사이다 등 여러 가지 먹을 것을 견대에 뿌듯하게 넣어서 어깨에 둘러메고 모여들었지만, 나는 항상 그렇지가 못했다. 견대조차 만들지 못하고 찰밥을 책보에 싸서 어깨에 둘러메고 따라가야 했다. 어머니는 새벽같이 숯불을 피워 가며 찰밥을 지어 싸 주시고, 과자나 사과 하나 못 사 주는 것을 몹시 안타까워하셨다. 어머니는 가난한 살림에 다른 여축餘蓄은 못 해도, 내 원족 때를 생각하고 고사 쌀에서 찹쌀을 떠 두시는 것은 잊지 아니하셨다. 나는 이 어머니의 애틋

한 심정을 아는 까닭에 과자나 사과 같은 것은 아예 넘겨다보지도 아니했고, 오직 어머니의 정성 어린 찰밥이 소중했었다. 이것을 메고 문을 나설 때, 장래에 대한 자부와 남다른 야망에 부풀어 새벽하늘을 우러러보며 씩씩하게 걸었다. 말하자면 이 어머니의 애정의 선물이 어린 나에게 커다란 격려와 힘이 되었던 것이다. 이것이 인연이 되어, 소풍 혹은 등산을 하려면 으레 찰밥을 마련하는 것이 한 전례가 되고 습성이 된 셈이다.

오늘도 친구들과 들놀이를 약속한 까닭에 예와 같이 이 찰밥을 싸서 손에 들고 나선 것이다. 밥을 들고 퇴를 내려서며 문득 부엌문 쪽을 둘러봤다. 새벽에 숯불을 피우시던 어머니의 모습이 눈앞에 떠오르다가는 안개처럼 사라져 버린다. 슬픈 일이다. 손에 밥은 들려 있건만 그 어머니가 없다.

어머니는 새벽녘에 손수 숯불을 불어 가며 찰밥을 싸 주고 기대하며 기다리던 그 아들에게서 과연 무엇을 얻으셨던가? 그는 매일 매일 그래도 당신 아들만이 무엇인가 남다른 출세를 하리라고 믿고 그의 구차한 여생을 한 줄기 희망으로 살아왔건만 그의 아들은 좀체로 출세하지 않았다. 스스로 고난의 길을 걷고만 있지 아니했던가. 어머니는 운명하시는 순간에도 그 아들의 손을 꼭 잡았다. 먼 길을 떠나던 그 순간에도 아들에 대한 희망을 놓치지 않고 웃음을 보이려 했다. "나는 너의 성공하는 것을 못 보고 가지만 너는 이담에 꼭 크게 성공해야 한다." 그는 무엇을 성공이라고 생각했는지 나는 모른다. 생각하면 슬픈 일이다. 끝끝내 아들의 성공을 믿으려던 그. 그 아들도 그때는 막연하게나마 감격에 어린 눈으로 대답했었다. 사실 그는 야망에 차 있던 청년이기도 했다. 환상에 사로잡히어 멍하니 섰던 나는 갑자기 시계를 들여다본다. 아침 여섯 시 반. 일곱 시 사십 분까지 불광동 종점으로 모이기로 된 약속이다. 여명의 하늘은 훤히 밝아 오고 서글서글한 바람이 옷깃으로 기어든다. 나는 문을 나서며 먼 하늘을 한번 바라보고는 고개를 숙였다. 백수白首 오십에 성취한 바 없이 열한 살 때 메고 가던 그 밥을 손에 들고 소년 시대의 기분으로 문을 나서는 사나이.

어머니! 야망에 찼던 어머니의 아들은 이제 찰밥을 안고 흰 터럭을 바람에 날리며, 손등으로 굵은 눈물을 닦습니다.

인시寅時

아침에 총총히 나가, 저녁에 피곤히 돌아온다. 저녁을 먹으면 그 자리에서 쓰러져 버린다. 밥을 먹고 그 자리에 누우면 죽어서 소가 된다는 말이 있지만 죽어서야 무엇이 되든, 우선 눕고 볼 일이다. 자리에 누웠으면 차 달리는 소리, 라디오 울리는 소리, 주정꾼, 행인 떠드는 소리, 물 끓듯 일어나는 소음은 내 야윈 신경을 더욱 괴롭힌다. 그 속에서 잠이 든다. 녹녹한 생애여.

한참 곤하게 자다 눈을 뜨면 밤은 대개 세 시, 네 시경. 주위는 오직 고요하고 천지는 심연의 바다같이 깊다. 불을 켜고 책상머리에 앉으면 정신이 한결 깨끗하다. 모든 소요스럽던 세상과는 절단된 시간이다. 태고의 세월이요, 본연의 자태, 비로소 나를 즐길 수 있는 유일한 시간이다. 이때만은 나도 시인이요, 철인이다. 어느 때는 심오한 경지에 있는 듯도 하고, 때론 낭만과 사색에 잠겨도 본다. 혹은 묵은 책갈피에서 고인古人과 정을 느끼기도 하고, 혹은 싱그러운 냄새에서 신간의 묵향을 맛보기도 한다. 이유 없이 스며드는 향수. 가지가지 인생의 반추反芻. 이윽고 다시 잠이 들어 아침이 온다.

내 생활을 셋으로 나누면, 자는 시간, 나다니는 시간, 그리고 가장 짧은 밤중의 몇 시간이 있다. 나다니는 시간은 먹고살기 위해 방매放賣된 시간, 자는 시간은 완전히 휴식으로 소멸된 시간, 나머지의 가장 짧은 시간이 내 소중한 시간이다.

생각다 보니, 밤 세 시, 네 시면 인시寅時다. 공교롭게도 내가 이 세상에 태어나던 시간이다. 육십 년 전 이 시간에 이문동 외딴 집에서는 괴괴하던 밤중에 갑자기 내 첫울음 소리와 아울러 등불이 들락거리며 부엌문이 열리고 부산하기 시작했을 것이다. 그러나 지금은 나를 낳던 어머니도, 삼을 가르던 할머니도, 아니 그 집터조차 없다. 오직 백발이 성성한 한 노부가 책상 머리에서 이 시간을 지키고 있다.

'인寅'은 범의 시다. 범은 용맹스럽고 영특하다는데, 나는 비겁하고 나약하기만 했다. 인寅은 인人에 통하여 만물의 영장의 덕이 있다는데, 내게는 아무 덕도 없다. 일설에 범은 외롭고, 인간은 어리석고 약하다 한다. 그러나 인寅은 동방의 빛이요 여명의 빛이다. 이 시간만은 내 맑은 정신이 심야의 정밀 속에서 신비로운 여명의 빛을 느낀다. 인시는 분명 좋은 시간이다. 세상의 어머니들이여, 애기를 낳으려거든 인시에 낳으시라. 이 시간이 얼마나 성스러우며 신비로운가. 그리고 외딴 초가집 온돌에서 낳으라. 초가집 외딴 부엌에서 때아닌 밤중에 불이 켜지고 싸리문 밖에서 탯줄 사르는 횃불이 일어날 때, 얼마나 경사로운가. 그리고 밝기 전에 문 위에 푸른 솔가지와 붉은 고추를 달 것을 생각해 보라. 그러면 당신들의 아들도 이 인시의 즐거운 행운을 가져 볼 것이다. 그리고 범의 씩씩함을 닮으면 될 것이다.

불현듯 내가 낳던 때를 상상하며, 그리고 젊은 어머니가 나를 낳아 안고 기뻐하는 모습, 어머니 무릎에서 쳐다보며 벙글거렸을 나의 귀여운 모습을 환상하며 또 보고 싶어 한다. 내 이 세상에서 녹록하고 보잘것없이 살다 수증기처럼 사라질 몸이지만, 이 시간의 맑음과 고요함과 영원함이 있음으로써 원망하거나 슬퍼하지 않는다.

백사장의
하루

    눈이 떠지자 창을 여니 아청빛 푸른 하늘이 문득 가을이다. 어제까지의 분망과 노고가 씻은 듯 걷히고 맑고 서늘한 기운이 흉금으로 스며든다. 소세를 마치고 나도 모르게 길에 나서니 오늘은 일요일이다. 등산객들과 소풍 가는 남녀들로 근교행 버스는 바쁘다. 복잡을 피하여 사잇길로 빠지니 곧 경춘선로의 교차점이 아닌가. 예정 없이 버스에 올라 가는 대로 맡기니 버스는 군말없이 달린다. 이윽고 강안江岸을 지난다. 강이 아름다워 차를 스톱시키고 내리니 인적이 고요한 소양강 하류의 이름 모를 백사장. 하루의 유정幽情을 풀기에 가장 좋을 곳인 성싶다. 백사장에 팔베개를 하고 누워 청한淸閒을 읊조린다. 단풍은 아직 일러 산봉우리는 푸르고 거울같이 맑은 물 위에 떠가는 구름이 가끔 짙은 시름을 던진다. 끝없이만 보이는 백사장에는 갈매기 그림자 하나 없고, 십 년에 한 번인 듯 느껴지는 가물거리는 포범布帆이 아쉽게 반갑다. 나는 누워서 문득 생각한다. 천추일심千秋一心이요 만리일정萬里一情이라고.

고왕금래古往今來 수만 년에 크고 작은 사건들이 우리를 흥분시키고 우리의 혈관을 끓어오르게 한다. 사책史冊을 헤치거나 전설을 뒤지거나 혹은 전기를 보고, 혹은 소설을 읽다가도 옳은 것을 위하여 의분을 느끼고, 악한 것을 위하여 증오하고 타기唾棄하며, 사리에 그릇됨을 개탄하고 인생의 과오를 슬퍼함은 너나가 없건만, 매양 같이 슬퍼하고 같이 분개하던 그들이 한번 현실에 발을 들여놓자 드디어 스스로 증오와 타기의 인간 비극을 되풀이하는 것은 무슨 까닭인가.

인간이 사는 곳에 비환悲歡이 있고, 비환이 있는 곳에 정회가 있다. 그러므로 비록 알지 못하는 고도孤島의 이족異族과도 정은 통할지니 어찌 서로의 애정이 없으며, 저 가물거리는 포범布帆과 같은 반가움이 없으랴마는, 어찌하여 서로 적대하고, 시의猜疑해야 하며, 심하면 동족도 구수仇讐같이 상잔相殘해야 하며, 이웃도 해치고 가족도 등지며 배반하고, 모해와 살육이 사상史上에 끊일 날이 없어야 하는가. 서로가 하루살이 같은 목숨이요, 창해에 뜬 좁쌀 같은 존재가 아닌가. 진부한 옛말을 굳이 되씹어 본다. "달팽이 뿔 위에서 무슨 일을 다투리, 부싯불빛 가운데 이 몸을 부치노라蝸牛角上爭 何事,石火光中寄此身.'란 감상적 애수가 스며드는 것은 최근 나의 과 로로 인한 신경의 쇠약에서 오는 것일까?

천추에 느끼는 그 마음은 하나요, 만리에 느끼는 그 정은 하나다. 불가에서 생사를 허무에 돌려, '생야生也에 일편부운기一片浮雲起 요, 사야死也에 일편부운멸一片浮雲滅'이라 했다. 그러나 한 조각 구 름은 떠간 뒤에 남는 것이 없지만 사람은 간 뒤에도 정이 남지 않는 가. 고래로 뜬구름같이 사라진 사람들이야 이제 그 잔해인들 남아 있으랴마는, 인류가 존속하는 날까지 면면히 지속해 오는 것은 이 정이다. 불가의 만유귀심萬有歸心이란 그 법심法心이 무엇인지 모르 거니와 심심심心心心이 곧 정이다. 정근情根을 버리고 미망迷妄에서 벗어나 대오귀심大悟歸心을 외치는 대덕大德에게 심심심心心心이 정이라면 속성俗性의 완미頑迷함을 연민해할지 모르나, 나는 원래 그런 묘망渺茫한 진리와는 연이 없는 듯하다. 나에게 철학이 있다면 정의 철학이요, 나에게 생활이 있다면 정을 떠나서 따로 없다. 혹 나 의 깨닫지 못하는 완미를, 혹 나의 지성이 부족한 우둔을 비웃는 이 도 있을지 모르나, 이것이 아니고는 인생을 맛보며 살 길이 없다.

인간이란 신과 짐승의 사생아라고 한 이가 있다. 그렇다면 정이 란 사생아의 개성이다. 신은 이미 정을 초월해 있을 것이요, 짐승은 아직 이 정에 미치지 못했을 것이다. 지성이니 오성이니 하는 말은 영리한 사생아들의 엉뚱한 어휘다.

성리학자들은 성性이니 정情이니 하는 말을 여러 가지로 분석해서 설명한다. 심心은 일신의 주재니 성과 정을 통솔하고, 성은 천부의 이理니 칠정을 낳는다. 희로애구애오욕喜怒哀懼愛惡慾은 기질의 청탁에 따라 때로 선이 되고 때로 악이 되지만 그 본원은 천명의 성이다. 그러므로 그 본질이 선일진대 중화中和의 덕을 길러 삼재三才의 하나로서 천지에 참여한다는 것이다. 그러나 나는 그런 합리적이요 오묘한 철리哲理엔 둔하다. 또 굳이 형이상학적으로 그 본질을 캐고 체계를 세워 논리를 정리하는 수고를 청부받을 생각도 없다. 무릇 곡소비환哭笑悲歡이 생활의 표현일진대, 이것이 진정이요 인생이 아닌가. 인생의 밑바닥에 깔려 있는 심정深情의 세계를 나는 지금 체감하고 있다. 심心이라 해도 좋고 성性이라 해도 좋고 정情이라 해도 좋다. 나는 적절한 용어를 모른다. 오직 천추일심千秋一心 만리일정萬里一情, 심즉정心卽情이다. 심은 추상적인 존재요, 정은 구체적인 존재일 뿐이다. 이것이 실로 영속적인 생의 실체요 영속적인 인간의 내용이 아닌가.

흰 구름장이 바람에 불려 강상으로 떠가더니 산봉우리에서 사라진다. 강 속의 그림자도 사라진다. 문득 『채근담菜根譚』의 한 구절이 떠오른다.

"성근 대에 바람 오매, 바람이 지나가자 대나무엔 소리가 남지 아니하고, 기러기가 찬 못을 건너는데, 기러기 가고 나니 못은 그림자를 머물리지 않는다風來疎竹, 風過而竹不留聲. 雁渡寒潭, 雁去而潭不留影."

그렇다. 바람 간 뒤에 소리는 대밭에 남아 있지 않고, 기러기 날아간 뒤에 그림자는 담심潭心에 머물러 있지 않다. 그러나 이것을 보고 느끼는 것은 오직 사람뿐이다.

나는『채근담』저자의 낯을 모른다. 허나 지금 나는 그와 이야기를 하고 있다. 눈[雪] 위에 기러기 발자취는 흔적 없이 사라진다. 그러나 떨어지는 꽃잎에서 또 그것을 느껴야 한다. 이 곧 천추일심千秋一心이요, 만리일정萬里一情이다.

강안江岸 길로 되돌아 허튼 걸음으로 한 식경 걸었다. 버스가 이삼 차 지나갔을 뿐 고요한 강안의 길이다. 길가에 한 주점이 있다. 막걸리 안주로 도토리묵이 있다. 요기하기에 족했다. 숭굴숭굴하고 부드러운 주모의 씩 웃는 인사가 제법 구수하다. 친절, 불친절 없이 늘 보는 이웃에 대하듯 태연한 인사, 영업을 위해서 마음을 쓸 필요조차 없는 한적한 주점인 까닭이다. 이해의 득실이 없으면 스스로 담연淡然할 수가 있다. 그래서 오가는 말이 구수하다.

버스가 왔다. 손을 들어 차를 세우고 몸을 실었다. 녹색의 산봉우리들은 석양에 물들어 빛이 더욱 곱고, 강물은 그늘이 져서 검푸르게 흐른다.

유한悠閑한
시간

　　　창문으로 비춰 오는 명랑한 아침 볕, 베갯머리의 책을 이끌어 옛사람과의 대화 속에서 어느덧 넘어가는 해의 붉은 놀빛을 바라볼 때. 책상머리에 놓여 있는 고석古石을 들여다보며 정적을 음미할 때. 손은 가고 고요한 밤에 홀로 앉아 마시다 남은 엽차를 다시 끓일 때. 오래간만에 통정하는 친구와 만나 명리와 학구를 떠난 담담한 담화가 구애 없이 피어나 어느덧 밤든 것을 잊었을 때. 창밖에 빗소리는 쉬지 않고 내리는데 문득 서랍을 열고 묵은 편지와 구고舊稿를 뒤적거리며 밤을 보낼 때. 뜰에 가득 찬 달빛은 호수 같고 하늘과 땅이 하염없이 멀게 느껴질 때. 푸른 교목 우거진 가지마다 요란하던 매미 소리가 뚝 그치자 좌우를 돌아보고 비로소 아무도 없었다는 것을 새삼 느꼈을 때. 무심히 발을 멈추어 어느덧 심산유곡을 깨닫고 맑은 물 흐르는 옆 잔디밭에 주저앉아 맞은편 산뿌리의 구름을 볼 때. 바쁜 생활에 헤매다가 병으로 한때를 쉬고 아직도 병여病餘의 몸으로 자리에 누워서 희미한 벽을 바라보고 누웠을 때. 나는 이 시간이 유한悠閑하다. 유한한 이 시간이 나의 마음을 살찌게 한다.

달밤에 홀로 대밭에 앉아 거문고를 타던 왕마힐王摩詰[마힐은 당나라 시인 왕유王維의 자]의 유한幽閑, 울 밑에서 국화를 캐다가 하염없이 남산을 바라보고 섰는 도연명의 유한, 이것은 나로서는 엿볼 수 없는 경지다. 천파만랑千波萬浪의 바다에 깔린 해저의 정적이 곧 이것이랄까. 내 일찍이 서해안에서 달포를 머문 적이 있었다. 산악같이 몰려오는 물결, 은옥銀玉같이 흩어지는 물거품, 성난 고래같이 뿜는 격랑, 호탕하고 장쾌한 것은 격동의 바다요, 로맨틱하고 분방한 것은 광란의 해양이라고 생각해 왔었다. 그러나 그제 와 보니 단조한 것이 바다요, 고요한 것이 바다였었다. 더욱이 천심千尋 해저의 깊은 정적, 나는 여기서 비로소 만고의 정적을 안고 한 줄기 떨어지는 눈물을 금할 수 없었다. 역시 바다는 유한했다.

"천지의 유유함을 생각노라니, 홀로 구슬퍼져서 눈물 흘리네念天地之悠悠, 獨悵然而淚下"라는 그 눈물도 유한의 절정에서 오는 감격의 눈물이었을 것이다.

광란의 물결도 피부의 허물이요 삽시의 거품일 뿐, 깊고 깊은 속을 뚫고 나오는 그 정적은 사색을 초과한 사색이요 침묵을 초과한 침묵이다. 사색을 초과한지라 그 사색이 생활에 용해되었고, 침묵을 초과한지라 그 침묵이 생활화된 것이다. 나는 이런 생활을 수심水心의 경지라고 한다. 수심이라면 해심海心이란 말과 같아서 바다 한복판이란 뜻이고, 해저라면 바다 맨 밑바닥이란 뜻이다. 그러나 여기서는 그런 뜻이 아니다. 바다의 깊은 속을 가리킨 말이고, 또 산정山情에 대한 말이다.

명경지수明鏡止水라는 말도 있다. 티없이 깨끗하고 조금도 동요 없이 고요한 마음씨다. 혹은 더 나아가 오성悟性의 경지를 말하는 것일지도 모른다. 그러나 나는 이 말을 그리 좋아하지 않는다. 어느 구석엔가 체념적인 데가 엿보이기 때문이다. 명경明鏡과 지수止水는 평면적이다. 깊이가 없다. 생활이 없는 희멀건 정지된 자태로 느껴진다. 유한한 생활이란 수심의 경지에서 피어나는 것이다.

염소

어린 염소 세 마리가 달달거리며 보도 위로 주인을 따라간다.

염소는 다리가 짧다. 주인이 느릿느릿 놀 양으로 쇠걸음을 걸으면 염소는 종종걸음으로 빨리 따라가야 한다. 두 마리는 긴 줄로 목을 매어 주인의 뒷짐 진 손에 쥐여 가고, 한 마리는 목도 안 매고 따로 떨어져 있건만 서로 떨어질세라 열심히 따라간다. 마치 어린애들이 엄마를 놓칠까 봐, 혹은 길을 잃을까 봐 부지런히 따라가듯.

석양은 보도 위에 반쯤 음영을 던져 있고, 달달거리고 따라가는 염소의 어린 모습은 슬펐다.

주인은 기저귀처럼 차복차복 갠 염소 껍질 네 개를 묶어서 메고 간다. 아침에 일곱 마리가 따라왔을 것이다. 그중 네 마리는 팔리고,

지금 세 마리가 남아서 팔릴 곳을 찾아다니고 있는 것이다. 팔리게 되면, 소금 한 줌을 물고 캑캑 소리 한마디에 가죽은 벗기고 솥 속으로 들어갈 것이다. 그리고 저 주인의 어깨 위에는 가죽 기저귀가 또 한 장 늘 것이다. 그러나 염소는 눈앞의 운명을 생각해 본 일이 없다. 다만 주인을 잃을까 봐 종종걸음으로 따라만 가는 것이다.

방소파[소파는 방정환의 호]의 『어린이 예찬』에는 "어린이는 천사외다. 시퍼런 칼날을 들고 찌르려 해도 찔리는 그 순간까지는 벙글 벙글 웃고 있습니다……. 얼마나 천진난만하고 성스럽습니까. 그는 천사외다." 했다. 그렇다면 나도 '염소는 천사외다.' 할 것이다.

주인의 뒤를 따라 석양에 보도 위를 걸어가는 어린 염소의 검은 모습은 슬프다. 짧은 다리에 뒤뚱거리는 굽이 높아, 전족纏足한 청녀淸女의 쫓기는 종종걸음이다. 조그만 몸집이 달달거려 추위 타는 어린애 모습이다. 이상스럽게도 위로 들린 짧은 꼬리 밑에, 감추지 못한 연하고 검푸른 항문이 가엾다. 수염이라기에는 너무나 앙징한 턱 밑의 귀여운 수염, 그리고 게다가 이따금씩 어린애 목소리로 우는 그 울음. 조물주는 동물을 점지할 때 이런 슬픈 유형도 만들어 놓았던 것이다.

페이터는 일찍이 사람들에게 "무한한 물상 가운데 네가 향수한 부분이 어떻게 작고, 무한한 시간 가운데 네게 허여된 시간이 어떻게 짧고, 운명 앞에 네 존재가 어떻게 미소한 것인가를 생각하라.

그리고 기꺼이 운명의 직녀, 클로토의 베틀에 몸을 맡기고, 여신이 너를 실 삼아 어떤 베를 짜든 마음을 쓰지 말라." 했다. 이 염소는 충실한 페이터의 사도다. 그리고 그는 또 "네 생명이 속절없고, 너의 직무, 너의 경영이 허무하다 할지라도, 적어도 치열한 불길이 열과 빛으로 변화시키듯 하잘것없는 속사俗事나마 그것을 네 본성에 맞도록 동화시키기까지는 머물러 있으라." 했다. 염소가 그 주인의 뒤를 총총히 따르듯, 그리고 주인이 저를 흥정하고 있는 동안은 주인 옆에 온순하게 충실히 기다리고 서 있듯. 그리고 길가에 버려 있는 무청 시래기 옆에 세워 두면 다투어 푸른 잎을 뜯어 먹듯. 그리고 다시 끌고 가면 먹던 것을 놓고 총총히 따라가듯.

이 세 마리의 어린 염소는 오늘 저녁에 다 같이 돌아갔다가 내일 아침에 다시 나오게 될 것인가, 혹은 그중의 한 마리는 가다가 팔려서 껍질을 벗겨 솥 속으로 들어가고 두 마리만이 가게 될 것인가, 또는 어느 것이 팔리고 어느 것이 남아서 외롭게 황혼의 거리를 타달거리고 갈 것인가. 그것은 아무도 모른다. 염소 자신도, 끌고 가는 주인도, 아무도 모른다. 염소를 끌고 팔러 다니는 저 주인은, 또 지금 자기가 걸어가는 그 길을 알고 있는 것인가. 나는 이런 생각을 하며 염소가 지나간 그 보도 위로 걸어오는 것이다.

온돌의
정

눈이 펄펄 날리는 벌판을 끝없이 걷고 싶은 때가 있다. 그런 때면 나는 불을 끄고 희미한 창문을 바라본다. 그러면 소창素窓 밖에서 지금 끝없는 백설이 펄펄 날리고 있는 것이다.

고요한 밤에 말없이 다소곳이 앉은 여인과 있어 보고 싶은 때가 있다. 그런 때면 나는 화로에 찻물을 올려놓고 고요히 눈을 감는다. 그러면 바글바글 피어나는 맑은 향기에서 고운 여인의 옥양목 치맛자락 스치는 소리가 들리는 것이다.

끝없이 아득한 옛날이 그리울 때가 있다. 그런 때면 나는 골통대에 담배를 피우는 것이다. 그러면 선향線香같이 피어올라 안개같이 퍼지는 속에서 아득한 옛날의 전설이 맴도는 것이다.

달밤의 고요한 호수가 그리울 때가 있다. 그런 때면 나는 한길로 난 들창을 열고 넓은 터를 내다본다. 그러면 높은 외등이 달빛같이 비쳐 광장에 호수같이 고여 있는 것이다.

혀끝으로 다향茶香을 음미하며 책상머리에 앉으면, 누가 똑똑 창문을 두드리며 찾아올 것만 같은 때가 있다. 그런 때면 나는 잊었던 옛 친구를 생각한다.

서랍을 열고 묵은 원고를 들춰 다시 읽어 보면 옛 얼굴이 목화송이처럼 떠오르고.

책은 손때 묻은 책이 정겨웁고, 붓은 손에 익은 만년필이 좋다. 여러 번 읽던 책이 옛 친구같이 반갑고, 전의 즐거웠던 기억이 새로우며, 손에 익은 붓이 하얀 원고지 위에 솔솔 흘러내리는 푸른 글씨가 나를 기쁘게 하기 때문이다.

방은 넓지 않아 오히려 아늑하고, 반자 무늬는 약간 그을은 것이 오히려 그윽하다.

천길만길 깊이를 모를 해저, 구만리 창공 끝없는 허공이 그리운 때면, 나는 베개 위에 고요히 누워 눈을 스르르 감아 보는 것이다.

"두 사람이 대작하매 산꽃이 핀다兩人對酌山花開", 친구와 술을 마시며 정담을 나누고 싶고, "홀로 경정산에 앉다獨坐敬亭山", 산악이 그리운 때면 책상머리에 도사리고 앉아 책갈피를 제쳐 가며 회심의 글귀와 쾌재의 문장을 찾아보는 것이다.

이것이 내 한 칸 온돌방의 정서다. 그러나 한스럽게도 왕유나

도연명의 경지를 얻지 못하여, 백향산白香山[향산은 백거이의 호]의 세간에 대한 관심과 완사종阮嗣宗[사종은 완적의 자]의 미친 버릇을 버릴 길이 없어, 때때로 뛰쳐나와 가로수 밑에 오롯이 서 있는 것이다.

행화杏花

    나는 가끔 침울증에 빠지는 수가 있다. 그날도 공연히 침울해서 다방에 나와 앉았으나, 몇몇 친구들의 이야기에 귀를 기울이기보다는 탁한 공기가 꽉 차 있는 방 안의 침울함을 느끼면서 따분한 맞은편의 벽만을 바라보고 있었다. 그렇다고 먼저 일어설 용기도, 또 일어서서 갈 곳도 없었다.

    친구들이 한잔하러 간다고 몰려 나가기에 나는 아무 뜻 없이 그들의 뒤를 따라갔다. 청진동을 거쳐서 골목길로 이리저리 한참을 돌아 들어갔다. 골목으로 골목으로 자꾸 꼬부라져 걷는 것도 싫지 아니했다. 어느 납작한 들어앉은 술집으로 들어갔다. 주인 마담의 인사하는 수작으로 보아 늘 오는 단골집인 듯했다. 같이 간 5, 6인 친구들이 거의 다 가난한 문인들이다. 그런 축들이 잘 드나드는 술집인 듯했다. 아무 장식도 없는 넓고 길다란 골방으로 들어갔다. 소주와 간소한 술상이 나왔다. 술 따르는 여자도 몇 따라 들어왔다. 나는 처음이지만 다른 사람들은 다 익숙한 사이인 듯했다. 처음부터 웃음을 띠고 유난히 인사성 있게 반기며 들어오는 환한 얼굴이 하나 있었다. 어딘지 어질고 천진해 보이는 여자였다. 특별히 예쁘다거나 몸매가 나는 것은 아니지만, 그저 환하고 어려 보이는 밉지 아니한 상이다. 술을 따르나 노래를 부르나, 마냥 웃으며 유쾌한 듯이 놀았다. 노래도 제법 흥취 있게 불러댔다. 방 안의 공기도 흐드러진 춘삼월 낙화 속같이 유쾌해졌다. 이런 데 와 있는 것이, 혹은 우리 방에 들어와 노는 것이 무척 기쁜 것만 같았다. 유행가, 노랫가락, 민요, 판소리 가락, 흥청거리고 싶은 대로 흥청거리며 부르는 그 노래들이 다 보통 수준을 넘은 솜씨였다. 탯가락 없이 부드럽고 귀엽게 흥청거려 노는 모습이 좌중의 분위기를 완연히 환락장歡樂場으로 만들어 주었다. 이름을 물었더니 행화杏花라고 했다. "낙화落花야 펄펄 날아라. 호사스럽게 지는구나. 웃으며 피었다 웃으며 날아라." 가끔 섞어 부르는 이 노래는 가장 좋아하는 흥겨운 가락인 듯했으나 나는 처음 듣는 노래였다.

"마음씨 착한 순진한 앱니다." "어느 때나 저렇게 유쾌하게 놉니다." "이런 데 있으면서도 아직 슬픔과 인생의 괴로움을 모르는 양같이 천진한 앱니다." "그것이 오히려 측은한 데가 있습니다." 옆에 있는 친구들이 나를 꾹꾹 찌르며 한마디씩 들려주기도 했다. "저만 못한 노래도 가수로 뽐내며 앉은 자리에서 몇십만 원씩 버는데……." 하며 자못 동정하는 친구도 있었다. 행화는 우리가 무슨 말을 하는지 모르고, 아마 저를 칭찬하는 소리거니 하면서, 마냥 웃으며 즐겁게 노래만 불렀다. "낙화야 펄펄 날아라. 호사스럽게……." 나는 그 집을 나오면서 침울했던 기분이 후련하게 가시는 것 같았다. 그 이튿날 나는 친구들을 움직여서 다시 행화를 찾았다. 그러나 마침 휴일이었던지 대문이 닫혀서 쓸쓸히 돌아왔다.

한 이 주일이 못 돼서 나는 친구들과 행화네 주점을 다시 찾았다, 내 침울증을 풀어 보려고. 들어서자 주인 마담은 반기면서 예의 구석방으로 안내했다. 그러나 웬일인지 분위기가 일변한 것 같았다. 술상을 들여왔으나 행화는 들어오지 아니했다. 행화 안 들어오느냐고 물었더니 행화는 가고 없다고 했다. 어디로 갔느냐고 물었더니 마담은 잠자코 방으로 들어왔다. 사람의 일이란 모른다면서 대개 다음과 같은 이야기를 들려주었다.

행화가 여기 와 있게 된 것은 넉 달 전이었었다. 오던 날부터 가는 날까지 한 번도 낯을 붉힌 적이 없고, 항상 웃는 낯으로 사람을 대하는 천진한 아이였다고 한다. 어느 손님 방에를 들어가든지 친소親疎가 없이 그렇게 기분좋게 노는 까닭에 싫다는 손이 없었고, 왔다 가는 손마다 기분좋게 놀다 갔다는 것이다. 우리가 가던 그

날 저녁은 그중에서도 가장 유쾌하게 놀던 날이었다는 것이다. 손님이 가신 뒤에도 흥이 나서 "낙화야 펄펄 날아라······." 하며 제 방으로 들어가기에 모두들 "세상에 시름 모르는 인물은 행화뿐"이라고 했다는 것이다. 그런데 이튿날 아침에 아무 기척이 없기에 들어가 봤더니 이불을 폭 덮고 죽은 듯이 누워 있기에 열고 보니, 정말 죽어 있더라는 것이다. 깜짝 놀라 의사를 부른다, 뒤에 경찰이 온다, 야단이 났지만 머리맡에 약봉지가 있어 자살로 판명은 됐으나, 그 이유를 알 길이 없다는 것이다. 누구한테 연정을 쏟은 일도 없고, 그렇게 마냥 즐겁게만 보이던 아이가, 알다가도 모를 일이라는 것이다. 방 안의 공기는 갑자기 연극의 막 내린 뒤 같았다. 내가 만일 신문기자라면 이 원인 모를 죽음에 대해서 무슨 엽기적인 사실이 숨어 있나 하고 그 과거의 내력을 조사하기에 신경을 썼을지도 모른다. 내가 만일 소설가였다면, 그 위에 모든 인생 체험에서 오는 가능성과 풍만한 상상력으로 한 사람의 인생을 그려 보려고 흥미를 느꼈을지도 모른다. 그러나 나는 다만 간단히 몇 잔 마시고 나와서 친구들과 헤어졌다. 그러고는 밤길을 타박타박 걸어왔다. "낙화야 펄펄 날아라. 호사스럽게 지는구나. 웃으며 피었다 웃으며 날아라." 하던 그 가락과 훤한 그 웃는 얼굴이 떠올랐다. 그때는 미처 느끼지 못했지만, 이제 생각하니 그 흥겨워 노래 부를 때 한편 짝으로 일그러지던 그 입귀가 어딘가 그의 내심적 암시를 보여 주었던

것만 같다. 낙화가 눈이 되고 눈이 낙화가 되어 펄펄 날리는 환상의
밤길을 밟으며 나는 집으로 오고 있었다.

비원의
가을

구름다리를 향해 걸어가던 나는 맞은편에서 오는 금아琴兒[피천득의 호]와 만났다.

"마침 잘 만났군!"

"혼자서 비원엘 가던 길이야?"

금아의 말이다. 두 그림자는 드디어 비원으로 옮겨졌다. 각기 하루의 일을 마치고 돌아오던 길이다. 석양은 한 자쯤 남아 있었다.

낙엽을 밟으며 누릇누릇한 수림 사이로, 약간 남아서 선연한 단풍을 본다. 만추의 빛이다. 저물어 가는 가을. 비원 안에는 사람이 적었다. 낙엽을 깔고 앉으니 푹신 하고 들어간다. 한 움큼 쥐어 보며,

"이효석의 산이란 참 좋은 작품이었군!"

금아도 말없이 낙엽을 쥐어 본다.

언덕길을 내려갈 때 앞서 가는 남녀 두 학생이 있었다. 우리를 돌아다보며 "할아버지, 이 꽃 좀 보세요. 봄날 같지요?" 하기에 옆을 보니 양지편으로 뻗친 가지에 개나리꽃이 노랗게 맺혀 있었다. 손바닥을 꽃 밑에 대고 들여다본다. 갑자기 풀린 날씨에 잠시 핀 철 아닌 꽃이다. 초승달 같은 이 꽃, 보는 사람은 극히 적다.

다시 숲속에 앉았다. 둘의 이야기는 지나간 옛날을 더듬었다. 창범이, 남이, 상빈이, 영범이, 지금은 다 어디들 있는고, 둘은 죽고 하나는 병들고 하나는 알 길이 없다. 어렸을 때 어두운 거리, 비 내리는 거리를 걸으며, 울분을 터뜨리고 포부와 재주를 다투던 그리운 얼굴들이다.

금아는 깨끗하고 고요한 것을 좋아하는 사람이다. 그러나 항상 고독을 느끼는 다감한 사람이다.

"이렇게 느끼다가 가는 것이 인생인가."

그는 이런 말을 했다. 나는 대답 대신 호탕하게 웃었다.

「서상기서西廂記序」에 김성탄金聖嘆의 말이 걸작이다.

"내가 언제 이 세상에 태어나지라고 청했기에 무단히 나를 이 세상에 태어나게 했으며, 이왕 태어났으면 길이 머물러나 두거나, 왜 또 잠시도 못 머무르게 그렇게 빨리 가게 하며, 또 오래 머무르지도 못하게 하면서 그동안에 눈에 보이고 귀에 들리는 것들은 왜 또 이

렇게 다감하게 했느냐고 조물주에게 따졌더니 그 대답이, 난들 어
찌하리오, 그렇게 아니 할 수가 있다면 조물주가 아닌 걸, 당신들이
제각각 나라고 하면, 어느 것이 진짜 나요?"
하더라는 것이다. 이 또한 성탄대로의 실없는 이야기가 아닌가.

옥류천玉流泉의 물소리는 고요하게 흘러가고 있었다. 여기는 서
울이 아니다. 고궁도 아니다. 두 사람을 위해서 잠시 베푼 만추의
한 폭이다. 이윽고 금아는 입을 열었다.

"우리가 가을을 앞으로 몇 번이나 더 볼 수가 있을까."

나는,

"앞으로 그리 길지 못한 가을이나마 또 몇 번이나 이렇게 둘이
한가하게 즐길 수 있겠소."
하고 웃었다. 그리고 소동파의 글을 외웠다.

"밤에 달이 밝기에 뒷산 절에 올라갔다. 상인上人(僧)도 마침 마
루에서 달을 보고 있다가 반가워한다. 뜰 앞에 달빛이 고여 바다 같
다. 마당 가의 대나무 그림자가 어른어른 물에 뜬 마름 같다. 달빛
은 어느 때나 있고 대나무 그림자도 어디나 있지만, 이 밤에 우리
둘같이 한가한 사람이 있기가 적다."

이 전편 몇 줄 안 되는 글이지만, 나는 세상에서 떠들어대는 「적
벽부」보다 높이 평가한다.

"백 년 인생 한가한 날은 많지가 않다百年閒日不多時!" 인생 백 년

53

을 짧다 하지만 그사이에 한가한 시간이란 다시 짧다. 깊은 산 고요한 절에 숨어 살아도 우수와 번뇌를 벗어나지 못하면 한가한 것이 아니요, 밝은 창 고요한 책상머리에 단정히 앉았어도 명리와 욕망을 버리지 못하면 한가한 것이 아니다. 심심해서 신문광고를 들고 누웠어도 시비와 울화를 안고 있으면 분망하기 짝이 없는 것이요, 피로와 권태가 이미 한가한 것이 아니다. 하물며 생활에 쫓기고 세태에 휩쓸려 한가할 겨를이 없음에서랴.

세월의 빠른 것을 한탄하고 슬퍼함은 인간 통유의 정이지만 기다림이 있으면 일각이 삼추 같고, 괴로움이 있으면 하루가 십 년이다. 옥중에서 지리한 세월을 저주하는 사람, 월급날을 손꼽아 재촉하며 초조한 사람도 있다. 진실로 한가한 사람이란 몇이나 되는가.

도연명 같은 전원시인을 한일閒逸이라 하지만, "동쪽 울타리 아래서 국화를 캐다가, 유연히 남산을 바라보노라採菊東籬下, 悠然見南山."를 읊어 본 시간은 그의 일생에서도 반드시 많지는 못했을 것이다.

위대한 사람은 시간을 창조해 나가고, 범상한 사람은 시간에 실려 간다. 그러나 한가한 사람이란 시간과 마주 서 있어 본 사람이다.

하정소화夏情小話

　　내 봄을 사랑함은 꽃을 사랑하는 까닭이요, 겨울
을 사랑함은 눈을 사랑하는 까닭이요, 가을을 사랑함은 맑은 바람
을 사랑하는 까닭이다. 그러나 봄을 사랑하고 꽃을 사랑함은 실은
추운 겨울을 벗어난 기쁨이요, 맑은 바람을 사랑하고 가을을 사랑
함은 뜨거운 여름에서 벗어난 기쁨이다. 만일 겨울의 추움과 여름
의 뜨거움이 없었다면 봄과 가을이 그처럼 반갑지는 못했을 것이
다. 여름은 오직 뜨거울 뿐이다. 그 무덥고 훈증하고 찌는 듯한 여
름을 좋아할 사람은 적다. 그래서 여름은 모두 피하려 한다. 피서
란 여기서 온 말이다. 그러나 나는 결코 더위를 피하려 하지 않는
다. 만일 내가 여름에 여행을 하고 수석水石을 찾은 일이 있다면
그것은 피서를 위해서가 아니요, 휴가를 이용했을 뿐이다. 더우면

더울수록 기쁨으로 참는다.

땀이 철철 흐르고 숨이 턱턱 막히며 풀잎이 바짝바짝 마르고 흙이 쩍쩍 갈라져 홍로紅爐 속에 들어앉은 것 같지만, 무던히 즐겁게 참아 나가는 것은 한 줄기 취우驟雨[소나기]를 기다리는 마음에서다.

이와 같이 달구어 놓고 나야, 먹구름 속에서 천둥 번개가 일고 장대 같은 빗줄기가 쏟아진다. 그때 상쾌함이란 어디다 견줄 것인가. 금방 폭포 같은 물이 사방에서 쏟아지고 뜰이 바다가 되어 은방울이 떴다 흩어졌다 구르는 장관, 그 상쾌함이란 또 어디다 견줄 것인가. 비가 뚝 그친 뒤에 거쳐 오는 맑은 바람, 싱싱하게 살아나는 푸른 숲, 씻은 듯 깨끗한 산봉우리, 쏴 하고 가지마다 들려오는 매미 소리, 그 청신함이란 가을을 열두 배 하고도 남음이 있다. 더위를 참고 극복하는 즐거움이란 산정을 향하여 험준한 계곡을 정복하는 등산가의 즐거움이다.

험준한 산악을 정복하는 쾌감도 좋지만, 소요자적逍遙自適하는 산책의 취미는 더욱 그윽한 데가 있다. 여름에는 여기에 견줄 만한 즐거움이 또 있으니 저녁 후의 납량納凉이 그것이다. 하루의 찌는 듯한 더위가 서서히 물러가고 선선한 바람이 황혼을 타고 불어온다. 이때 건건이발로 베적삼을 풀어 헤치고 둥근 미선尾扇을 손에 든 채 뜰에 내려 못가에 앉아 솔바람을 쏘인다. 강이 보이는 언덕이면 더욱 좋고, 수양버들이 날리는 방죽, 하향荷香[연꽃의 향기]이 떠오른 못가, 게다가 동산에서 달이 떠오르면 그 청쾌함이란 또 어떠한가. 어렸을 때 본 기억이지만 베 고이적삼을 걸친 촌옹들이 등꽃이 축축 늘어진 정자나무 밑에서 납량하던 모습이 이제 와선 한 폭의 신선도같이 떠오른다. 또 귀가 댁 젊은 여인들이, 잠자리 날개 같은 생초 적삼에 물색 고운 갑사 치마, 제각기 손에 태극선을 들고 연당蓮堂에서 달을 보며 납량하던 모습은 천상미인도天上美人圖라고나 할까. 그러나 이제 비좁고 복잡한 서울의 거리, 흙내조차 아쉬운 두옥斗屋에 사는 사람들에게는 납량이란 꿈같이 환상적으로 느껴질 것이다.

내가 짐을 꾸려 가지고 처음 이 돈암동 구석을 찾아온 것은 어느 해 여름철이었다. 콧구멍 같은 집에서 진땀을 흘렸다. 어느 날 밤늦게 잠이 깬 나는 우리 집 건너편에 야트막한 동산이 있었던 것을 생각해 내고 가만히 일어서서 대문 밖으로 나갔다. 판잣집이 옹기종기 있는 골목 사이로 아카시아 나무 밑을 지나 언덕길로 가면 쉽게 등성에 올라갈 수 있었다. 군데군데 나무가 서 있고 드문드문 바위도 깔려 있었다. 우선 시원한 바람이 흉금을 상쾌하게 했다. 주위는 말할 수 없이 고요하고 어둠은 끝없는 바다같이 퍼졌는데 시내의 등불들이 하늘의 뭇별인 양 아름다웠다. 이렇게 시원하고 아름다운 풍경일 줄은 몰랐다.

"만호의 등불빛은 별처럼 반짝이고, 온 하늘의 저문 빛은 망망한 바다 같네萬戶燈光星耿耿, 一天暮色海茫茫!"백낙천은 이사 가서 오동나무에 걸린 달을 보고 흥에 겨워 집값을 더 주었다지만 나는 이 동산 주인을 찾아가 세전을 얼마나 치러야 족할 것인가. 나는 이사를 참 잘 왔다고 생각했다. 그 후, 이 작은 언덕은 나의 유일한 납량처가 되었다.

"떳집 세 칸이 만금에 값한다茅屋三間値萬金.""성 가운데 절로 작은 산림이 있네城中自有小山林."이 동산이 이웃에 있음으로 해서, 내 집은 만금이 싸다고 자부했다. 달밤이면 더욱 아름다웠다. 푸른 잔디가 달빛에 젖고 어른거리는 나무 그림자가 물에 뜬 마름 같고, 호수같이 고인 그 달빛! 정밀靜謐이 이 속에 있고, 청허淸虛가 이 속에 있었다. 불시의 청추淸秋가 여기 있다.

어느 달밤에 밤이 훨씬 깊어서 올라갔더니 내가 늘 앉았던 바위에 한 여인이 앉아 있었다. 월하미인이라더니, 달밤이라 그런지 매우 아름다웠다. 그 단아하게 앉은 자태며, 한복 차림의 청초한 모습이 그림 같았다. 한참 바라보다가 미안한 생각에 앞을 지나 등성 너머로 자리를 옮겼다. 한 식경이나 훨씬 넘어서 돌아와 보니 그 여인은 여전히 그 자리에 그대로 앉아 있었다. 나를 보자 가만히 고개를 들어 약간 미소를 띄며,

"선생님 댁이 이 근처세요?"묻는다. 나는 의아했다.

"더러 뵈온걸요." 나는 더욱 의아해서,

"어디서?" 물었으나 그는 대답이 없었다. 나도 더 묻지 않고 천천히 내려왔다. 그 후 나는 늘 오르내렸으나 그 여인은 나타나지 아니했다. 아직 그 여인이 누구인지 모른다. 때때로 바위 위에 앉은 그 모습이 떠오르기는 한다. 그러나 나는 더 묻지 않아 좋았다고 생각한다. 만일 그가 어느 다방 마담이었거나 범속한 여인이었다면, '월하미인'으로 길이 그 자리에 머무르게 하며 한 폭의 풍경화로 간직하느니보다 아예 못했을 것이기 때문이다. 그러나 지금은 그 동산도 없어지고, 그 자리에는 고층 주택 세 채가 서 있다.

참새

쩍 쩍 쩍. 쩍 쩍. 뭇 참새의 조잘대는 소리. 반가운 소리다. 벌써 아침나절인가. 오늘도 맑고 고운 아침. 울타리에 햇발이 들어 따스하고 명랑한 하루를 예고해 주는 귀여운 것들의 조잘대는 소리다. 기지개를 펴며 눈을 비빈다. 캄캄한 밤이 아닌가. 전등의 스위치를 누르고 책상 위의 시계를 보니, 새로 세 시다. 형광등만 훤하다. 다시 눈을 감아도 금방 들렸던 참새 소리는 없다. 눈은 멀거니 천정을 직시한다.

참새는 공작같이 화려하지도, 학같이 고귀하지도 않다. 꾀꼬리의 아름다운 노래도, 접동새의 구슬픈 노래도 모른다. 시인의 입에 오르내리지도, 완상가에게 팔리지도 않는 새다. 그러나 그 조그만 몸매는 귀엽고도 매끈하고, 색깔은 검소하면서도 조촐하다. 어린 소녀들처럼 모이면 조잘댄다. 아무 기교 없이 솔직하고 가벼운 음성으로 재갈재갈 조잘댄다. 쫓으면 후루룩 날아갔다가 금방 다시 온다. 우리나라 방방곡곡, 마을마다 집집마다 없는 곳이 없다.

진달래꽃을 일명 참꽃이라 부르는 것은 무슨 까닭인가. 삼천리 강산 가는 곳마다 이 연연한 꽃이 봄소식을 전해 주지 않는 데가 없어 기쁘든 슬프든 우리의 생활과 떠날 수 없이 가까웠던 까닭이다.

민요시인 김소월이 다른 꽃 다 버리고 오직 약산의 진달래를 노래한 것도 다 이 나라의 시인인 까닭이다. 하고한 새가 많건만 이 새만을 참새라 부르는 것도 같은 뜻에서다. 이 나라의 민요시인이 새를 노래한다면 당연히 이 새가 앞설 것이다. 우리 집 추녀에서 보금자리를 하고 우리 집 울타리에서 자란 새가 아닌가. 이 새 울음에 동창에 해가 들고, 이 새 울음에 지붕에 박꽃이 피었다.

미물들도 우리와 친분이 같지가 않다. 제비는 반갑고 부엉새는 싫다. 까치 소리는 반갑고 까마귀 소리는 싫다. 이 참새처럼 한집안 식구같이 살아온 새도 없고, 이 참새 소리처럼 아침의 반가운 소리도 없다.

"위혀어, 위혀어" 긴 목소리로 새 쫓는 소리가 가을 들판에 메아리친다. 들곡식을 축내는 새들을 쫓는 소리다. 그렇게 보면 참새도 우리에게 해로운 새일지 모르지만 봄여름에는 벌레를 잡는다. 논에 허수아비를 해 앉히고 새를 쫓아 나락 먹는 것을 금하기는 하지

만, 쥐 잡듯 잡아 없애지는 않는다. 만일 참새를 없애자면 그리 불
가능한 일은 아니다. 반드시 추녀 끝에 서식하기 때문이다. 그러나
그렇게 매몰하지도 않았고, 이삭이나 북데기 가리나 겨 속의 낟알,
수채의 밥풀에까지 인색하지는 아니했다. '새를 쫓는다'고 하지 않
고 '새를 본다'고 하는 것도 애기같이 귀엽게 여긴 부드러운 말씨
다. 그리하여 저녁때는 다 같이 집으로 돌아온다.

지금 생각하면 황금빛 들판에서 푸른 하늘을 향하여 "위혀어, 위
혀어" 새 쫓는 소리도 유장하기만 하다. 새 보는 일은 대개 소녀들
의 일이다. 문득 목단이 모습이 떠오른다. 목단이는 우리 집 앞 논
에 새를 보러 매일 오는 아랫말 처녀다. 나는 웃는 목단이가 공주
같다고 생각한 일이 있다. 나보다 너댓 살 손위라 누나라고 불러 달
라고 했지만, 나는 굳이 목단이라고 부르고 누나라고 불러 주지 아
니했다. 그는 가끔 삶은 밤을 까서 나를 주곤 했다. 혼자서는 종일
심심한 까닭에 내가 날마다 와서 같이 놀아 주기를 바라는 것이었
다. 그도 만일 지금 살아 있다면 물론 할머니가 되었을 것이다.

패가한 집을 가리켜 '참새 한 마리 안 와 앉는 집'이라고 한다. 또
참새 많이 모이는 마을을 복마을이라고도 한다. 후덕스러운 말이
요, 이유 있는 말이기도 하다. 참새는 양지바르고 잔풍한 곳을 택한
다. 여러 집이 오밀조밀 모인 대촌大村을 택하고 낟알이 풍족하고
방앗간이라도 있는 부유한 마을을 택하니 복지福地일 법도 하다.

풍족한 마을에서는 새한테도 각박하지가 않다. 언제인가 나는 어느 새 장수와 만난 적이 있었다. 조롱 안에는 십자매·잉꼬·문조·카나리아 기타 이름 모를 새들도 많았다. 나는 "참새만 없네." 하다가, 즉시 뉘우쳤다. 실은 참새가 잡히지 아니해서 다행인 것을……. 나는 어려서 조롱鳥籠을 본 일이 없다. 시골서 새를 조롱에 넣어 기르는 사람은 한 사람도 없었다. 제비는 찾아와서 『논어』를 읽어 주고, 까치는 찾아와서 반가운 소식을 전해 주고, 꾀꼬리는 문 앞 버들가지로 오르내리며 '머리 곱게 빗고 담배밭에 김매러 가라'고 일깨워 주고, 또한 참새는 한집의 한식구인데 조롱이 무엇이 필요하랴. 뒷문을 열면 진달래, 개나리가 창으로 들어오고, 발을 걷으면 복사꽃, 살구꽃, 가지각색 꽃이 철따라 날고, 뜰 앞에 괴석에는 푸른 이끼가 이슬을 머금고 있다. 여기에 만일 꽃꽂이를 한다고 꽃가지를 꺾어 방 안에서 시들리고, 돌을 방구석에 옮겨 놓고 먼지를 앉혀 이끼를 말리고, 또 새를 잡아 가두어 놓고 그 비명을 향락하는 자가 있다면, 그는 분명 악취미요, 그것은 살풍경이었을 것이다.

그런데 이제는 이 참새도 씨가 져서 천연기념조로 보호 대책이 시급하다는 이야기다. 세상에 참새들조차 명맥을 보존할 수가 없게 되었는가. 그동안 이렇게 세상이 변했는가. 생각하면 메마르고 삭막하고 윤기 없는 세상이다.

달 속의 돌멩이까지 캐내도록 악착같이 발전해 가는 인간의 지

혜가 위대하다면 무한히 위대하지만, 한편 인간의 행복을 위하여 한 마리의 참새나마 다시금 아쉽고 그립지 아니한가.

연화봉蓮花峯에서 하계로 쫓겨난 양소유楊少游가 사바 풍상을 다 겪고 또 부귀공명을 한껏 누리다가, 석장錫杖 짚은 노승의 "성진아" 한마디에 황연대각, 옛 연화봉이 그리워 다시 연화봉으로 돌아갔다.

쨋 쨋 쨋. 잠결에 스쳐 간 참새 소리는 나에게 무엇을 깨우쳐 주려는 것인가. 날더러 어디로 돌아가라는 것인가. 사십 년간 꿈에도 생각해 본 적이 없는 네 소리. 무슨 인연으로 사십 년 전 옛 추억, 가버린 소년 시절, 고향 풍경을 이 오밤중에 불러 일으켜 놓고 어디로 자취를 감춘 것이냐. 잠결에 몽롱하던 두 눈은 이제 씻은 듯 깨끗하다.

나는 문득 일어나 불을 피워 차를 달이며 고요히 책상머리에 앉는다.

봄

창에 드는 볕이 어느덧 봄이다.

봄은 맑고 고요한 것. 비원의 가을을 걸으며 낙엽을 쥐어 본 것이 작년이란 말인가. 나는 툇마루에서 봄볕을 쪼이며 비원의 가을을 연상한다. 가을이 가고 봄이 온 것은 아니다. 가을 위에 겨울이 오고 또 봄이 온 것이다. 그러기에 지나간 가을은 해가 멀어 갈수록 아득하게 호수처럼 깊어 있고, 오는 봄은 해가 거듭될수록 쌓이고 쌓여 더욱 부풀어 가지 않는가.

나무는 해를 거듭하면 연륜이 하나씩 늘어 간다. 그 연륜을 보면 지나간 봄과 가을이 하나도 빠지지 않고 둘레에 남아 금을 긋고 있다. 가을과 봄은 가도, 그들이 찍어 놓고 간 자취는 가시지 않고 기록되어 있다. 사람도 흰 터럭이 하나하나 늘어 감에 따라 지나간 봄과 가을이 터럭에 쌓이고 쌓여 느낌이 커 간다.

꽃을 보고 반기는 소녀의 봄은 꽃뿐이지만, 꽃을 캐는 소녀를 아울러 봄으로 느끼는 봄은 꽃과 소녀들이다. 사랑을 노래하는 청춘의 봄은 화려하고 찬란한 봄이지만, 그것을 바라보고 느끼는 봄은 인생의 끝없는 봄이다. 누가 봄을 젊은이의 것이요 늙은이의 것이 아니라 하던가. 젊은이의 봄은 기쁨으로 차 있는 홑겹의 봄이지만, 늙은이의 봄은 기쁨과 슬픔을 아울러 지닌 겹겹의 봄이다. 과거란 귀중한 재산, 과거라는 재산이 호수에 가득 찬 물결같이 고이고 고여서 오늘을 이루고 있는 것, 물 위에 호수가 따로 없듯이 과거를 떠나서 오늘이 따로 없는 것. 그러므로 물이 많을수록 호수가 아름답고 과거가 길수록 오늘이 큰 것이다.

늙어서 봄을 맞으며 봄을 앞으로 많이 못 볼까 슬퍼할 필요는 없다. 그동안 많이 가져 본 봄이 또 하나 느는 것을 대견하게 생각할 일이다. 산에 오르거나 먼 길을 걸을 때, 십 리고 이십 리고 가서 뒤를 돌아다보고는 내가 저기를 걸어왔구나, 하며 흐뭇하고 자랑스러운 때도 있다. 그리고 돌아다보는 경치가 걸어올 때보다 놀랍게 아름다움을 발견하는 때도 있다. 다만 지나온 추억을 더듬어 한 개의 진주를 발견하지 못하고 거친 모래알만 쥐어질 때, 그것이 슬프다. 보잘것없는 내 과거가 항상 오늘을 슬프게 할 뿐이다.

뜰 앞에 한 그루 밀감나무가 서 있다. 동쪽 가지 끝에 파릇파릇

싹이 움돋기 시작한다. 굵은 가지에서도 푸른 생기가 넘쳐흐른다. 미구에 잎이 퍼지고 꽃이 피고 열매가 맺힐 것이다. 집안사람들의 기대가 사뭇 크다. 그러나 서쪽 가지에서는 소식이 없다. 나무의 절반은 죽은 가지다. 죽은 가지에 봄은 올 리 없다. 지난겨울에 잎이 다 떨어지고 검은 등걸만 남았을 때, 혹 죽지나 아니했나 염려도 했고, 봄이 되면 살아나겠지 믿기도 했었다. 그러나 같은 나무 한 등걸에서 한 가지는 살고 한 가지는 죽었으리라고는 생각하지 못했다. 하지만, 눈보라 추운 속에서도 한 가지는 생명을 기르며 겨울을 살아왔고, 한 가지는 그 속에서 자기를 살리지 못했던 것이다. 저 동쪽 가지의 씩씩하고 발랄한 생의 의지. 지난겨울 석 달 동안, 마음속으로의 안타까운 저항. 그리고 남모르는 분투와 인내! 이에 대한 무한한 경의와 찬사를 보내고 싶다. 봄이 가면 봄이 없다고 슬퍼함은 일 년을 사는 곤충의 슬픔이다. 교목은 봄이 열 번 가면 열 개의 봄을, 가을이 백 번 가면 백 개의 가을을 지닌다.

생활에 따라서는 인류 역사 억만 년의 봄이 다 내 몸에 간직된 봄이요, 생각에 따라서는 잊지 못할 뚜렷한 봄이란 또 몇 날이 못 될 것이다. 그러므로 오래 세상에 머물러 봄을 여러 번 보는 것이 귀한 게 아니라, 봄을 봄답게 느끼고 지나온 모든 봄을 회상하며 과거를 잃지 않고 되새기는 것도 우리의 생활을 풍부하게 해 줄지언정 섭섭할 것은 없다.

다만 봄은 나를 잊지 않고 몇 번이라도 찾아와 세월을 깨우쳐 주었건만, 둔감과 태만이 그를 저버린 채 헛되게 늙은 것이 아쉽고 한스러워 다시 찾아 주는 봄에 죄의식조차 느낀다. 그러나 이제 발버둥쳐 봐도 미칠 수 없는 일, 고요히 뜰 앞을 거닐며 지나간 봄의 가지가지 추억과 회상에 잠겨 보는 것이다. 오늘따라 주위는 말할 수 없이 고요하고 따스한 햇빛이 백금처럼 빛나고 있다.

내
고향

　　양근楊根 연양리延陽里는 내가 어려서 살던 고향
이다.

　해외에 나가 화려한 문명, 풍족한 도시에 살면서도 잊히지 않고
그리운 것은 황폐하나마 고국의 산천이라 한다.

　내 고향의 산천이 이다지 그리운 것도, 반드시 산이 삼각산보다
웅장하고 물이 한강수보다 아름다워서가 아니다. 오직 정 깊었던
탓이다. 길건 짧건, 기쁘나 슬프나 인생 백 년은 하나의 여정旅程.
나그네의 향수는 물리칠 길이 없다. 조상 때부터 살아온 옛터에서
일생을 보내도 향수는 느끼려니, 동심을 키워 준 고향이라 어찌 아
쉽고 그립지 아니하랴. 나는 현실이 괴로울 때면 내가 왜 이 나라에
태어났던가, 남과 같이 외국에나 태어났다면 이렇게 괴롭지는 아

니하였으련만, 이 나라에 태어난 것을 원망하고 미워도 해 본다. 차라리 국적을 바꾸고 외국에 귀화나 해 버릴까 안간힘도 써 본다. 그러나 막상 지금 저승에 가서 염라대왕이 "극락세계 연화대蓮花臺이든 소원대로 보내 줄 터이니 갈 데를 말해라." 한다면, 나는 극락도 연화대도 다 고만두고 내 집으로 돌아가리라 할 것이다. 문화도시라는 파리보다도, 풍치의 나라라는 스위스보다도 정겨운 것이 내 나라요, 천하명산 금강산보다도, 십리명경十里明鏡 경포대보다도 그리운 것이 내 고향의 산천이다.

화류계 여자들의 이야기가 있다. 많은 남자와 사랑하고 교제하고 살림하고 살아 봐도, 잊혀지지 않는 것이 머리 얹어 준 첫 사내라는 것이다. 연애도 아니요 결혼도 아닌 그 밤이, 애인도 아니요 남편도 아닌 그 사나이가 다변多變한 생애와 늙어 가는 연륜 속에도 마음속에 사라지지 않는다는 것이다. 원망스럽고 미워도 우연히 그를 만난 때처럼 와락 반갑고 눈물 맺히며 설레는 때가 없었다는 것이다. 그 심정은 내 모르거니와, 만일 그렇다면 고향도 나를 머리 얹어 준 사나이라 할까. 멀리 창공에 솟은 용문산은 그대로 기내畿內의 명산으로 알려져 있다. 그러나 칠읍산, 서석산을 누가 알기나 하랴마는, 내게 있어서는 백두산보다도 높고 금강산보다도 신기했던 산들이다. 안개 속에 잠긴 그 신비한 모습, 석양에 물들은 그 고운 빛깔, 꽃 피고 단풍 들 때 그 찬란한 그림, 비 갠 뒤의 맑은 얼굴, 눈 온 뒤의 장엄한 기상, 얼마나 시시각각으로 내 눈을 놀라게 했던가. 언덕 위에 서 있는 느티나무, 잎새마다 서늘한 매미 소리, 방죽 앞에 늘어진 수양버들, 가지마다 흐르는 꾀꼬리 소리, 이것은 다른 시골서도 맛볼 수 있을지 모른다. 그러나 그 밑 돌우물가에서 미나리를 씻으며 웃어 주던 을순이의 피어오르는 모습은 나타날 리 없다. 정자나무 밑에서 도루소 강변에 떠가는 포범布帆을 세어 보며 주무르다가 놓고 온 그 매끈매끈한 조약돌은 영영 찾을 길이 없다. 그러므로 곳은 때와 어울려서 하나인 것이다. 때가 사라지면 곳도 반은 사라진 것인데 곳조차 변함에 있어서랴. 향수란 여기서 더욱 짙어지는 것이 아닌가. 함박꽃도 탐스럽고, 황국黃菊도 유난히 많던, 그리고 봄에는 황금 같은 개나리 단장短墻에 진달래까지 수놓았던 이웃집 약방 사랑의 풍경은 지금도 눈에 선하다. 도루소 강물 속에 비친 복숭아꽃은 많기도 하고 곱기도 한 꿈속의 비단 같다. 이 강에서 나는 '독누리'는 숭어보다 크고 맛이 진기한 이곳의 특산이다. 사립 쓰고 견자 멘 어옹漁翁들이 강가로 모여든다. 독누리가 살찔 때면, 노인들의 시회詩會와 선유船遊가 그칠 날이 없었다. 달밤의 선유는 용궁의 신화 같았다.

　우리 집은 산 밑에 있었다. 얕은 산으로 둘러싸여 있고 앞 방죽에 수양버들 늘어진 사이로 포범이 떠가는 강물이 비단결같이 고왔다. 동편 울 밖으로는 청청한 솔밭이요, 서편 언덕 편편한 잔디밭

가운데는 수백 년 묵은 느티나무 고목이 서 있었다. 실개천 맑은 도랑물은 주야로 졸졸 흐르고 있었다.

"어저 마마, 어쩌저." 소 몰고 밭 가는 소리는 그 한적한 여운이 아직도 내 귀에 남아 있는 듯하다. 집 앞 방죽가에 드문드문 점점이 흩어져 있는 검은 바위들을 연분석燕糞石이라고 불렀다. 우리 집 터가 연소형燕巢形이다. 풍수가적 견지에서 나온 말인지 모르나 그럴싸한 말이다. 말하자면 나는 어려서 이 아늑한 제비집 속에서 자란 셈이다. 그 후 이 아늑한 것을 버리고 밤나무 벌판의 까막까치 떼를 따라 영일寧日이 없이 살아왔는지도 모른다.

그러나 그 제비집 같다던 우리 집은 헐리고, 솔밭도 버들숲도 없어지고, 풍토도 인물도 모습은 바뀌어 지명조차 변했다. 그것이 더욱 내 향수를 자아내는지도 모른다.

늙어 갈수록 한적한 옛 마을이 그리워지는 것도 인생의 본능의 하나일까. 언제인가는 영원히 한적한 데로 돌아가야 할 인간이기에.

소창素窓

　　기적 소리는 가슴에 파문을 일으킨다. 어딘지 모르게 끝없이 달리고 싶은 마음. 현대문명의 이기 쳐 놓고 정서적으로 보아 살풍경 아닌 것이 드물지만, 기적 소리만은 낭만의 꿈을 길어다 준다. 현대의 김삿갓은 기적 속에 몸을 싣고 끝없는 만주를 달린다.

　'플랫폼'은 자정이 넘어서나, 그렇지 아니하면 새벽 먼동이 틀 때가 좋다. 정거장은 남폿불이 켜 있는 시골 간이역이 좋다. 계절로는 코스모스가 스러져 가는 별들과 눈으로 대화하는 때가 좋다. 찬바람에 눈발이 날리는 그날이어도 좋다. 외로우면 한 여인, 그렇지 아니하면 3, 4인이 손을 흔들며 보내는 낯모르는 나그네의 전별의 광경을 보는 것도 좋다.

보퉁이에 바가지 짝을 달고 어린애를 업은 사람들이 고국을 등지고 북간도로 떠나던 옛날, 두만강에 얼음이 얼었다고 밀행을 도모하던 망명의 지사, 참으로 비참했던 과거였건만, 이제 와서 차라리 정겨웁게 떠오르는 것은 무슨 까닭일까.

불을 끄고 누우니, 이웃집 불이 밖에 비치어서 창이 훤하다. 소창素窓이다. 창호지로 바른 소창은 은근한 정서에 소복이 차 있다. 분벽사창粉壁紗窓이란 중국 사람의 화려한 문자요, 유리창이란 이미 정서를 잃은 광물질이다. 일본 장자障子에 비치는 파초잎은 가련한 풍정이 있지만, 은근한 맛보다 엷고 간지러운 데가 있다. 우리 온돌에 두툼한 창호지로 바른 소창의 은밀. 그리고 따스하고 순박한 여운. 소창은 솔솔 하염없이 내리는 흰 눈을 생각하게 한다. 봄에 녹아내리는 낙숫물의 고요함을 일러 주고, 달밤이면 찾아 주는 지붕 처마의 은비隱秘한 그림자와 멋진 나뭇가지가 던져 주는 윤택한 묵화를 보여 준다. 미풍이 지나간 뒤에, 소복한 여인이 창밖에 고요히 서 있는 듯 정밀靜謐의 그림자를 보여 준다. 아늑하게 가깝고, 하염없이 요원하다. 애수의 새가 깃을 벌리고 안식의 장막을 드리워 주는가 하면, 낭만의 물결은 다시금 흔들어 요원의 나라로 인도해 주는 것이다. 뚜 – 하고 아득하게 울려오는 기적 소리, 여기서 오는 낭만의 환상은 진작 소창에 있었던 것이다.

촌가의
사랑방

    나는 일찍이 어느 촌가의 사랑을 찾은 적이 있었다. 조그마한 초가집인데 대문 밖으로 난 사랑 툇마루에는 반쯤 햇볕이 들어 있었다. 마당가에 당댑싸리가 두어 폭이 서 있을 뿐, 그대로 한길이다. 이웃 말꾼들이 자기 집 드나들듯 큰 기침으로 인기척만 내고 방으로 들어설 수가 있었다. 나도 이웃의 아는 사람을 따라 이 집 사랑을 찾게 된 것이다. 아랫목 쪽 머리맡에는 간소하게 만든 작은 책상이 하나 놓여 있고 그 옆에는 까만 오동나무 벼루상이 있었다. 책상 위 벽에는 대로 만든 이층 고비가 걸려 있고, 윗목에는 오똑한 지장이 하나 놓여 있었다.

    방 한가운데는 큼직한 원형의 목재떨이가 있어 노인들이 둘러앉아 담배를 피울 수 있도록 이 방의 응접대 구실을 하고 있었다.

이 몇 개 안 되는 간소한 세간이 구격具格이 짜여서 아담하고 청쇄했다. 사실 이 중에 하나만 빠져도 당장 아쉬운 불가결의 세간이지만, 하나만 없어도 이 빠진 것 같아서 실내가 아늑하지 못했을 것이다. 또 만일 눈에 띄게 값진 물건이 하나 낀다거나, 이 물건들의 대소 규격이 바뀐다거나, 놓은 자리만 바뀌어도 이 사랑의 모습은 변한다.

지장은 오리목 몇 개만 있으면 누구나 손쉽게 짜서 종이로 바르면 되는 장이면서, 위층에는 의관을 걸어 두고 아래층에는 서책을 넣고 쓰기에 편리하며, 가벼워서 추순하기 쉽고, 규격이 이쁘고 청초해 보이는 까닭에 선비들 사랑 세간으로 널리 애용되는 장이다.

이 장 아래층 문에는 쌍회자 무늬를 꽉 차게 그려 가는 테를 둘렀고, 윗문에는 반초半草로 주련柱聯 모양으로 글씨를 써 붙이었는데, 좀 끄을은 글씨가 둘레의 흰 종이와 음양색陰陽色이 져서 선명하다. 낙관도 서명도 없어 필자는 알 수 없으나 문아文雅한 품이 세간에서 흔히 볼 수 있는 서예가의 유가 아니다. 격조 높은 글씨다. 이 두 폭만 해도 표구를 해서 어느 저택에 걸어도 번듯이 빛날 것이다. 그러나 아무리 표구를 잘해도 이 장문에서처럼 어울릴까. 이 지장은 이 글씨의 표구로서 가장 적절한 규모다.

나는 이윽고,

"저 글씨는 주인장이 쓰신 것입니까?" 하고 물었다. 노인은 계면

쩍게 웃으며,

"내가 무슨 수로 그렇게 쓰겠소!" 하더니 한참 만에 다음과 같이 말문을 열었다.

"그 글씨는 내 선조부의 글씨요. 그분이 아예 행문行文 행필行筆을 아니 하시는 성미라 전하는 게 별로 없소. 그러나 아는 이들은 다 알아서 진귀하게 받아 가곤 했지요. 내 선친이 낙향하실 때에 서울 살림을 다 처분하셨지만, 저것만은 내 선조부가 쓰시던 그릇이고 친히 써 붙이신 글씨라 소중히 여기어 내 대까지 내려왔소. 그러나 내 자식놈부터야 그걸 알겠소? 나만 가면 땔나무감이지……." 하며 웃어 보였다.

"요새야 호마이카장이 없나 캐비넷이 없나, 저런 구질구질한 것을 누가 좋아하겠소."

"뭐 호마이카? 캐비넷? 그건 행랑 방에나 놓을 거지 얻다가 놓는단 말이오?"

"주인장도 눈이 구식이라 그래. 좋기야 요새 물건이 좋지……."

"돈들은 많아서 값진 물건을 사지만 안목이 없어서……."

"값 많으면 좋은 물건이지 안목이 무슨 안목이오? 그런 케케묵은 소리 마시오."

"갑사 두루마기에 모본단 옷고름을 달아도 값만 많으면 호산가? 규격이 맞아야지!"

이런 말들을 귀곁에 들으며 나는 지장의 글씨를 보고 있었다.

오동나무는 천 년을 늙어도 늘 노래를 간직하고 桐千年老恒藏曲

매화는 일생토록 추워도 향기를 팔지 않는다 梅一生寒不賣香.

시구의 선택이 더욱 좋아 쓴 이의 인품을 들려주는 듯했다. 봐도 봐도 싫지 않은 글씨요, 읊어도 읊어도 다하지 않는 시구다.

툇마루 앞의 작은 길. 쌍창으로 들어오는 무한한 야색野色. 흰 책상, 검은 연상, 작은 고비, 큰 재떨이, 그 장의 그 글씨와 그 시, 그 방에 앉은 주인공, 이것들이 하나의 유기체로서의 단아한 정취와 선명한 생명감이 도는 리듬을 이루고 있다. 내가 그 후 스스로 동매실桐梅室이란 당호를 갖게 된 연유도 여기 있다.

이조李朝의 문화는 가난한 선비의 문화다. 빈한하고 검소한 생활이기는 했지만, 거기는 '안목'이란 것이 있었다. 그것이 그들의 지성과 교양의 표현이요, 문식文識과 아취雅趣의 유로流露다. 그들이 쓰던 문방구, 주기酒器, 연구煙具, 일용 소구小具에서 소재는 보통 재료를 사용했으나 미술공예의 절품絕品을 많이 본다. 그러나 그 하나하나의 평가보다, 자연과 인공, 그릇과 그릇과의 조화, 그것이 다시 실용 가치와 미적 가치의 일원화, 다시 인간과의 유기적 관련에서 하나의 생동하는 리듬을 이룰 때, 비로소 그들이 말하는 안목에 차는 것이다. 이것을 이해하지 못하고는 이 나라의 문화를 말할 수 없다. 가난을 쫓아 버려야 하고 그릇된 구조는 타파해야 된다. 그러나 비록 쓰레기 더미 속에 깃든 진주라도 진주는 버리지 못할 진주다. 이것은 외국인으로서는 아무리 석학이요 대예술가라도 찾아내기 어려운 한국의 정취다. 불국사의 석불은 평가받을 수도 있고 경복궁의 경회루는 찬양받을 수도 있지만, 쓰러져 가는 오막살이 옛집, 그 위치와 환경에 따라 다시없이 절묘한 들창 앞에서 발을 멈추고, 어느집 사랑채로 들어가는 일각문의 재미있는 구조에서 주인공을 만나 보고 싶은 충동을 느끼는 그윽한 미는 설명해 낼 길이 없다. 그런데 이런 것들이 거들떠보지 않는 가운데 우리들 눈앞에서 자취를 감추고 사라진다는 것은 선인들의 문화심文化心을 음미하는 데서도 아쉽기 그지없다. 이것은 결코 부질없는 향수만이 아니다.

정情이란 하나의 면면히 흐르는 리듬이다. 절단된 데는 정이 없다. 비정非情의 세계다. 정이란 시간과 공간에 뻗쳐 무한히 계속되는 생명의 흐름이고, 자연과 역사와 인간의 유기적인 유대다. 이 정의 구상具象이 곧 미美다. 수천 년 전의 작품, 수만 리 이역의 작품이 우리에게 공명공감을 일으키는 것은 그와 우리 사이에 보이지 않는 생명의 유대가 있기 때문이다. 수명에는 한계가 있으나 생명에는 한계가 없다.

"나무는 다 탔으나, 불은 다하지 않는다."는 장자의 말도 혹 이것을 뜻함인지 모른다. 한국인의 사고, 한국인의 문화의 특색은 개개가 각립된 고립체가 아니고 하나의 유기적 리듬을 이루고 있다는 데 있다. 그런데 한국인의 사고, 한국인의 생활양식, 한국인의 문화를 절단된 낱낱에서 구하려는 경향들이 많다. 이것은 외국식 한국 연구가 아닐까? 특히 이조의 문물을 연구하자면 선비들이 즐겨 쓰던 '안목'이란 말의 개념을 구체적으로 파악하는 일이 필요하다고 생각한다.

오동나무
연상硯床

전에 어느 선비 방에서 본 오동나무 연상硯床. 나는 오늘 C 노부인을 만나 보고 왜 갑자기 이 연상이 떠오르는 것일까.

"한국의 여성은 서구의 여성에 비해 젊음을 오래 지니지 못한다."는 말을 들은 적이 있다. 서구의 여성과 비교해 본 일은 없지만, 한국 여성들의 젊은 모습이 너무 짧다는 것만은 여러 번 실감해 왔다.

오래간만에 옛 친구를 찾아갔더니 친구는 없고 그 부인이 나와서 반기며 인사를 했다. 젊어서 내 친구와 연애를 할 때부터 봐 온 여성이다. 그 말쑥하고 곱던 미인의 모습은 간 곳 없고 부엌데기가 다 된 협수룩한 중년 부인의 모습을 보고 허무한 감회를 느꼈다. 그의 곱던 젊은 시절도 불과 얼마 안 되는 그동안에 사라지고 말았구나, 하는 초창悄愴한 심회를 금할 수가 없었다. 명민하고 상냥하면서도 날카로운 이성적인 이론이 항상 나를 놀라게 하던 문학소녀가 있었다. 눈은 어느 때나 샛별같이 반짝이고 웃는 볼이 귀여웠다. 그의 항상 새롭게 차린 새뜻한 자태가 더욱 싱그러운 젊은 향기를 풍기었다. 그런데 십여 년 후엔 어린애를 업고 짜증을 내며 악을 쓰는 가정부인의 초라한 모습으로 나타나는 것을 봤다. 대학생 때는 여왕에 뽑히고, 미인으로 알려져 인기를 끌고, 남의 이목에 오르내리던 여성이 중년이 못 돼서 뚱뚱하고 거친 촌부인의 모습이 돼 가는 수도 있었다. 나들이를 하기 위해 화려하게 성장盛裝을 하고 나타나기는 했으나 떡부엉이 같아서 도무지 어울리지 아니한다. 몇 해 전만 해도 만나서 이야기를 나누면 젊은 여성과 데이트를 하는 기분이 제법 여성다운 향취에 어우러져 있었지만, 불과 몇 해 안 돼서 버커리가 되거나 왈패가 돼서 반남성화 경향이라 할까, 중성화라고 할까, 젊은 여성미는 다시 찾아볼 수 없는 경우도 있었다. 그럴 때마다 나는 과연 한국의 여성은 젊음을 지니는 기간이 너무 짧구나, 하고 느낀 것이 있었다. 결혼을 해서 살림을 하고 애낳이를 하면 여자는 고만이지요, 고등학교를 졸업했거나 대학을 졸업했거나 가정에 들어앉으면 다를 것 없는 부엌데기 살림꾼인데, 여자란 직업여성이 안 될 바에야 들어앉아 살림 배우는 게 제일이건만, 집에 붙어 있지를 않으니 학교라도 보내야 하고, 대학 졸업장이라도 있어야 결혼 조건이 성립되니 졸업시킨다는, 정말 딱한 푸념을 들은 적도 있다.

그런데 나는 오늘, 오랫동안 지방 학교에서만 근무하던 옛 친구가 서울 학교 교장으로 왔다는 말을 듣고 그의 집을 찾아갔던 것이다. 그의 모친은 내가 젊어서 뵈온 적이 있었는데 지금까지 생존해 계신다는 말을 듣고 반가웠으며, 그분도 내가 왔다는 말을 듣고 반갑게 맞아 주었다. 올해 팔십오 세의 노인이건만 머리 하나 아니 세고 정정할 뿐 아니라, 옛 모습 그대로였다. 물론 팔십이 넘은 상노인上老人이 옛 모습일 리야 만무하지만 그렇게 느껴졌다. 그 곱게 매만진 머리, 깨끗하고 날렵한 몸매, 안상하고 조용 나직하며 애정이 깃들인 말씨, 그 단아한 옷매와 몸가짐, 노인답게 흉허물 없으면서도 몸에 밴 교양 있는 예의. 나는 그와 말하는 동안 어느 젊은 여성에게서보다도 여성과의 대좌를 느꼈으며, 나도 모르게 여성에 대한 남자의 자세를 의식적으로 느낄 수가 있었다. 팔십이 넘은 그는 아직도 여성을 잃지 않고 있었다. 따라서 늙음 속에 젊은 흔적을 지니고 있었다. 나는 돌아오면서, 아마 이 노인이 현대에 남아 있는 마지막 존재일 것이라고 생각했다. 그리고 문득 떠오른 것이, 옛 선비 방에서 봤던 오동나무 연상이다.

그 선비의 사랑에서 본 연상은 길이가 두 뼘 남짓, 너비가 뼘 반이 못 되는, 그리고 높이가 뼘 반에 가까운 오뚝하고 갈쭉한 조그마한 오동나무 연상이었었다. 뚜껑을 열면 벼루·먹·붓 들이 들어 있고, 서랍에는 장식이나 고리가 없이 제물 구멍으로 여닫게 되고 아래층은 텅 빈 간소한 궤였었다. 그런데 오동나무에 제 길이 들어 까맣고 부드럽게 윤이 나는 그 아름다움, 소박한 나뭇결에 부드러운 대팻손이 그대로 길이 들어 닳고 닳은 그 아름다움, 그것은 어디까지나 보는 사람으로 하여금 정이 스며들게 하는 것이었었다. 한 백 년 됐다는 말이 그대로 믿어지는 것은, 두고두고 매일매일 손때가 묻고 깨끗이 길이 들어 여러 해 내려오지 않고는 저렇게 곱게 길이 들 수는 없었을 것이기 때문이다. 물건이 오래되면 처음 만들 때의 손결은 사라지고 빛은 후락朽落해지고 흠이 생기고 사개가 어긋나기가 쉬운 것이지마는, 그쯤 되면 손결은 더욱 살아나고 빛은 더욱 곱고 흠은 티 하나 없이 고와지고 물건은 더욱 탄탄해 보이는 것이다. 이것이 이른바 수백 년 사람의 손길에서 자라 온 물건이란 것이다. 내게 만일 화류문갑樺榴文匣이나 자개 새긴 침향목 가구가 있다면, 그리고 저 연상과 바꾸자면 서슴지 않고 바꾸었을 것이다. 고려 학무늬 주수注水나 옥으로 조각한 필통이 있어도 저 연상과는 바꿀 수 없을 것이다. 그 연상은 하루 이틀이 아닌, 하고한 날 매일매일의 사람의 손길이 매만져 온 살[肉]과 정이 혼합해서 자라 온 물건이기 때문이다.

나는 일찍이 고물상에서 삼십 원을 주고 배나무 실패를 하나 산 적이 있었다. 아무것도 아닌 걀쭉한 나무쪽이다. 그러나 내가 이것을 산 것은 그 깨끗하게 반들반들 길든 것이 마음에 들어서였다. 나는 나무쪽이 이렇게 곱고 매끈매끈하게 길든 것을 보지 못했었다. 하루 이틀에는 이렇게 길이 안 든다. 어느 부인, 혹은 처녀 반짇그릇에서 여러 해 곱게 길들고 또 다음 세대에 전해져 그들의 손끝에서 닳고 닳아서 오래오래 써 내려오는 중에 이렇게 길이 든 것이다. 나는 머리맡 책상 위에 놔두고, 자다가도 잠결에 만져 보면 매끈매끈하고 부드러운 감촉이 고왔다.

어느 날 며칠간 여행에서 돌아와 곤히 자다가 머리맡의 실패로 손이 갔다. 나는 선뜩함을 느꼈다. 곱고 따뜻한 여인의 손길을 더듬다가 선뜻한 뱀을 쥔 촉각. 불을 켜고 보니 누가 이 실패를 닦아서 사포로 문지르고 니스칠을 해서 말려 놨다. 뒤에 알고 보니 집의 식모가 제딴에는 잘한다고 집수리하러 온 사람에게 부탁해서 곱게 닦고 니스칠을 해 논 것이었다. 나는 고소苦笑를 하고 말았지만, 손끝에서 매일 닳고 닳아서 길든 것과, 일시에 곱게 닦아 길들이고 기름칠을 해서 매끄럽게 한 것과는 이렇게 감촉이 다른 것이다.

C 노부인은 일찍이 선비의 가정에서 태어나 범절 있는 선비 가정에서 자랐고 사대부가에 시집 와서 층층시하에 옛날 범절로 살아오다가, 중년에 가산이 몰락하여 갖은 고생을 다 했고, 오십에 홀

로돼서 자녀들을 기르며 긴긴 세월을 살아왔다. 지금은 자질子姪들이 출세했고 딸과 며느리들이 다 현대적인 인텔리들이요 신식 가정이라기보다도 한국의 소위 구미풍의 첨단을 자랑하는 부요한 가정의 노인으로 만복을 누리고 있다. 옛날 노인이면서도 가장 현대를 잘 이해하는 신식 할머니라고 손녀들은 자랑했다. 어깨너멋글로 중학 영어 독본 첫 권을 읽는다는 데는 나도 놀랐다. 그러나 자기의 몸가축은 몸에 밴 옛날 그대로여서, 지금도 새벽불 나가기 전에 일어나서 머리 빗고 분때 밀고 옷 갈아입은 뒤에야 집안 식구를 대한다는 것이다. 인사하고 들어가는 데도 자연스럽고, 곱게 모걸음으로 돌아서 나가는 모습이 옛날 젊은 새댁의 뒷모습 같았다.

아마 요새 사람은 '모걸음'이란 말조차 모를 것이다. 옛날의 여자들은 어른 앞에서나 남 앞에서 돌아서서 문을 열고 나올 때는 몸을 가볍고 곱게 모로 돌려 나와야 했다. 그것은, 비록 옷 입은 위라도 궁둥이를 남에게 정면으로 보이는 것은 여자다운 몸가짐이 아니기 때문이다. 새벽 일찍 일어나 분세수하고 몸단장하고야 사람을 대했고, 진일할 때와 마른일할 때와 거처할 때마다 거기에 알맞은 옷을 갈아입었으며, 비록 마당 쓸고 부엌일을 하더라도 거기에 해당하는 몸가축을 돌봐 체경을 보고 매만진 뒤에 나왔으며, 허튼 모습이 없었던 것이다. 그러기에 행주치마에 수건 쓰고 팔 걷고 옷고름 걷는 데도 범절과 자태가 있으며, 잠시도 해이하지 않고 모든 것이 몸에 배어 젊음의 아름다움을 오래오래 지녀 왔으며, 노경에도 그 단정한 그 모습을 잃지 아니했던 것이다.

지금은 학교에서 체육을 배우고, 화장품이 발달되고, 미용체조, 보건체조, 스포츠 등 젊음과 아름다움을 마음껏 누리고 기를 수 있 건만 여성미의 젊음을 오래 지니지 못하는 것은 무슨 까닭인가. 나 갈 때만 무대에 등장하는 배우처럼 야단스럽게 차리고, 평상시나 가정에서는 잉편仍便할 대로 해이하니 몸에 배지 못한 젊음이 열흘 가뭄에 소나기처럼 미용체조나 기타 방법으로 살아날 리 없고, 몸 매에 배지 못한 옷이 호사를 한들 마네킹이 걸친 옷이 될 수밖에 없 는 것이 아닌가. 몸가짐뿐이 아니라 말의 말씨가 그렇고, 풍기는 정 서와 지성이 또한 그렇다. 어찌 여자뿐이랴. 남자도 그렇다. 더욱이 글을 쓰는 사람도 평소에 문정文情과 문심文心을 기르지 않고 붓끝 의 재주에만 맡기면 그 문장에 품위와 진실이 깃들이기 어려울 것 이 아닌가.

물고기는 잠시도 물에서 떠나지 아니함으로써 생명을 기른다. 젊은 여성은 잠시도 몸가짐을 게을리하지 아니함으로써 젊음의 미 를 길이 지닌다. 참을 사는 사람은 잠시도 허튼 생활에서 자기를 소 모하지 아니한다. 글을 사랑하는 사람은 문정文情과 문사文思에서 잠시도 떠나지 아니함으로써 속기俗氣를 떨치고 문아文雅한 품성 을 기른다. 여기서 비로소 아름다운 글이 써진다. 그러기에 한 편의 명문은 십 년의 교양에서 온다고 했다. 음미함 직한 말이다. 그날그 날의 생활, 그 순간 그 순간의 자세란 이렇게 중요한 것이요, 이것이 모이고 모인 축적이 없이는 미는 탄생하지 아니한다.

내 친구의 모친 노부인을 만나고 나서, 문득 옛 선비의 방에 놓였던 오동나무 연상이 떠오르는 것도 이유 없는 감회가 아니었던 것이다.

목중노인牧中老人

　　"우중에 백초가 가을 들어 다 졌다마는, 뜰 앞에
결명화決明花는 안색도 고운지고雨中百草秋爛死, 階下決明顔色鮮."
송죽이나 국매菊梅는 모르는 이 없지마는 뜰 앞의 결명초는 아는
이가 드물다. 바람 속에 서서 향기를 맡아 보며 눈물 흘린 사람은
오직 두자미杜子美[자미는 두보의 자]가 아니었던가. "임풍삼후형향
읍臨風三嗅馨香泣"이란 낙구落句가 그것이다. 범인凡人은 살기 위
하여 드디어 저를 죽이고 위인은 한 번 죽음으로써 영원히 산다.
그러나 위인의 일생이 반드시 다 뛰어난 것은 아니다. 그의 사생활
에는 결함도 많고 과오도 많을 수 있으며, 식견이나 재능도 반드시
높은 것은 아니다. 오직 의義를 위하여 이利를 버리고 진眞을 위하
여 생을 끊은 최후의 일거一擧가 길이 천추에 빛나는 것이다. 이것

을 누구나 경모하면서도 행하기가 어렵다. 저마다 송죽이 못 되고 저마다 국매가 될 수 없는 것이 여기 있다.

그러나 한미한 일생을 초야나 시정에 묻혀 살다가 소리 없이 가버린 사람들 중에도 굳은 신조와 맑은 심경으로 영욕에 사로잡히지 않고 세속에 흔들리지 않고 양심을 등불 삼아 자기 충실에 노력하다가 간 사람들도 위대한 사람들이다. 비록 불의와 정면 투쟁은 못 했을망정 항쟁의 양식良識은 마비된 적이 없고, 비록 곤궁에 빠질망정 재才를 농롱弄하여 공리功利를 탐하거나 시세에 영합하여 지조를 굽히는 일이 없이, 즐거운 여유 속에 노력을 기울여 가는 생활 태도도 또한 거룩하고 향기롭지 아니한가. 뜰 앞의 결명초와 같은 무명인의 진실, 이것을 가리켜 위대한 서민이라 하면 지나친 말일까.

내가 소시에 시골 살 때, 목중노인牧中老人에게서 받은 인상은 크다. 그의 내력은 아는 이 없으나 사림 측에서는 목중이란 호로 불려졌고, 마을 사람 사이에는 김생원으로 불려져 왔다. 그는 시장에 가면 행상이요, 부락에 가면 독농篤農이요, 무릎을 꿇고 앉아 학동을 가르치면 훈장이며 학자였다. 큰 사랑에나 시회에 참석하면 박학준론博學峻論과 시사문필詩詞文筆이 일좌를 풍미했고, 혼후하고 호탕한 풍치는 난만한 춘광을 불러일으켰다. 그의 토막집에 들어서면 지필과 몇 권의 서책 외에는 씻은 듯했다.

새벽같이 일어나 큰 산 나무를 해서 이십 리 길이나 되는 시장에 가서 팔아 왔다. 옷을 갈아입고 정좌하고 앉아 대여섯 명 학동에게 글을 가르치되 강미돈을 받는 일이 없었다. 호박 한 개, 계란 한 개를 큰 재물같이 아끼는 규모지만 이웃이나 남의 일을 돕고 구제하는 데 있어서는, 선선하고 활闊해서 애체한 데가 없었다. 생활은 항상 기갈을 면할 정도에 그쳤으나 마음은 항상 만족하고 유연한 모습이었다. 어느 재경 지주가 마름舍音(토지관리인)을 봐 달라고 교섭을 하자,

　"산에 도토리가 없나 강에 물고기가 없나, 이만하면 먹을 것은 얼마든지 있는데 내가 왜 남의 마름을 보느냐?"고 한마디로 거절해 버렸다. 옆에서 듣던 사람이,

　"마름만 보면 생활이 당장 넉넉해질 것을 왜 거절하느냐?"고 묻자,

　"제 땅을 가지고도 앉아서 남이 진 농사로 호강하는 것이 가증하거든, 날더러 남의 땅 가지고 호강하란 말이오?" 하며 웃었다. 괴롭다거나 생활이 어렵다고 걱정하는 말을 들으면,

　"괴로울 입장에 앉아서 괴로운 것이 싫다면 죽겠다는 말이고, 가난한 입장에 앉아서 가난한 것이 싫다면 도둑질할 생각이 있다는 말 외에 아무것도 아니라."고 타일렀다. 남의 잘못을 말하는 말을 들으면,

　"그것은 남더러 군자가 되고 애국자가 되라는 말인데, 세상 사람

이 다 훌륭한 사람일 수는 없는 거야. 남의 잘못을 보고 남을 나쁘니 좋으니 하고 가르기 시작하면 패를 짓고 편을 가르는 게 되는 것이다. 이조 당쟁도 여기서 유발된 것이다. 남의 잘못보다는 항상 내 잘못에 밝아야 한다."고 타일렀다. 명주 옷감을 세찬으로 가져온 학생이 하나 있었다. 그는 손으로 명주를 쓰다듬으며,

"참 명주가 무명보다 좋기는 하다. 그러나 선생님은 이것을 입을 자격이 못 된다. 내가 이것을 입고는 밖에 나가지를 못한다. 내가 무슨 일을 했다고 남 앞에 비단옷을 입고 나서니. 예전에 나보다 공부와 학행이 높고 뚜렷한 분 중에는 나보다 더 못 입고 더 굶주린 분이 많았고, 나라를 위해서 생명을 바친 사람, 나라를 위해서 풍찬노숙風餐露宿을 하는 사람에게 죄송하지 아니하냐. 우리는 다 복에 과한 사람들이다. 상제가 명주옷을 입으면 남이 흉보지 않는가. 나라 뺏긴 사람이 명주옷 입으면 죄로 간다. 너, 내 말 알아듣겠니? 와신상담臥薪嘗膽이란 문자 알지?" 하고 머리를 쓰다듬어 주며,

"너는 이담에 뚜렷하게 비단옷 입고 댕기도록 공부해라." 하며 눈물을 머금었다. 그의 가슴속에 항상 무엇이 깃들어 있는 것을 알 수 있었다. 관청에 다니는 청년이 입버릇처럼 늘 왜놈을 미워하는 사람이 있었다.

"먹고 살 수가 없어서 그놈 밑에 월급 생활은 하지만 하루도 몇 번씩 울화가 치밀어서. 이것이 다 나라 없는 설움이지요." 하며 일

본 사람 닮아세운 영웅담을 늘어놓는 이가 있었다. 그가 간 뒤에 이렇게 말했다.

"이다음에 저런 애국자를 경계해야 한다. 차라리 친일파는 무섭지 않다. 저런 애국자가 무서우니라. 남도 애국자로 보고 제 자신도 애국자로 자칭하고 있는 사람들. 그가 울화가 치민 것은 가봉加俸이 부럽고 일본 사람 자리가 부러운 거다. 이다음에 독립이 되어서 그런 사람이 그 자리에 앉으면 차라리 일본 사람만 못하지. 젊은 사람들은 그것을 알아차려야지!" 나는 그때 무슨 말인지 알 수가 없었다. 그는 막걸리를 좋아했다.

"막걸리 안주는 풋고추가 제일이야!" 풋고추는 그의 단골 안주였다.

가끔 눈에 선한 허연 수염과 우뚝 솟은 콧날. 길고 흰 눈썹의 목중노인. 그리고 굵은 목소리와 호탕한 웃음.

촌부村婦

창경원의 밤 벚꽃놀이가 한참이던 어느 때다. 아동 오락장 앞에는 젊은 부부들이 어린애들을 곱게 입혀 가지고 자랑삼아 모여들었다. 비행기를 타 보는 아이, 보트를 타 보는 아이―아동용으로 만들어 놓은 모형들이다―, 그중에도 목마가 가장 아동들의 호기심을 끄는 모양이다. 어른들은 가에 둘러서서 목마 타는 자기 어린애들이 신통해서 귀엽다고 야단이다. 갑자기 총중에서 한 뚱뚱한 중년 부인이 들어와 목마에 올라앉자 와르르 웃음이 터졌다. 어린애들 타는 목마에 어른이 달려들어서는 것이 어찌 쑥스러워 보이던지. 그러나 그 부인은 시치미 딱 떼고 목마를 달리고 있었다. 뿌수수하게 새로 빨아 입은 광목 치마저고리, 한 손에는 손수건을 쥐고 있었다. 시골서 갓 올라와서 어느 집 식모살이를 하는 부인일지도 모른다. 말이 높은 데로 올라가자 약간 긴장이 되는 듯하더니, 말이 평탄한 데로 돌자 마음이 가라앉는지 기쁨을 느끼는 것 같았다. 한 바퀴 돌고 나더니 신기한 듯 웃고는 돈을 내고 다시 한번 탄다. 손수건 속에는 지갑이 들어 있었다. 두 번째 타는 것을 보자 박수를 치는 남자가 하나 있었다. 그러고는 웃는 사람도 몇 사람 있었다. 다 돌고 나더니 또 올라앉지 않는가. 세 번째는 별로 관심을 주는 이도 없었지만 다만 한 중년 노인이, "저 부인 목마에 아주 재미 들었군." 하고는 그 자리를 떴다. 그러나 이게 무슨 취미냐. 또 한 번을 타지 않는가. 그다음에는 돈지갑을 만지더니 밑천이 딸리는 듯, 목마 타는 아이들을 부러운 듯이 바라보더니 이내 서운한 눈치로 오락장을 나선다. 나는 그 뒤를 그가 멀리 사라질 때까지 바라봤다. 그 부인은 혼자 비교적 사람이 적은 길을 택해 느릿느릿 가고 있었다. 오늘 저녁에는 주인의 허락을 맡아 가지고 분발해서 서울 구경을 한번 해 보는 셈일지도 모른다. 평생에 처음으로 목마도 타 보고. 나는 웬일인지 그 목마 타던 부인의 뒷모습이 오래 사라지지 않는다.

방망이 깎던
노인

벌써 40여 년 전이다. 내가 갓 세간 난 지 얼마 안 돼서 의정부에 내려가 살 때다. 서울 왔다 가는 길. 청량리역으로 가기 위해 동대문서 일단 전차를 내려야 했다. 동대문 맞은편 길가에 앉아서 방망이를 깎아 파는 노인이 있었다. 방망이를 한 벌 사 가지고 가려고 깎아 달라고 부탁을 했다. 값을 굉장히 비싸게 부르는 것 같았다. 좀 싸게 해 줄 수 없느냐고 했더니, "방망이 하나 가지고 에누리하겠소? 비싸거든 다른 데 가 사우." 대단히 무뚝뚝한 노인이었다. 더 깎지도 못하고 잘 깎아나 달라고만 부탁했다. 그는 잠자코 열심히 깎고 있었다. 처음에는 빨리 깎는 것 같더니, 저물도록 이리 돌려 보고 저리 돌려 보고 굼뜨기 시작하더니, 이내 마냥 늑장이다. 내가 보기에는 그만하면 다 됐는데 자꾸만 더 깎고 있다.

인제 다 됐으니 그냥 달라고 해도 못 들은 척이다. 차 시간이 바쁘니 빨리 달라고 해도 통 못 들은 척 대꾸가 없다. 사실 차 시간이 빠듯해 왔다. 갑갑하고 지루하고 인제는 초조할 지경이다. "더 깎지 아니해도 좋으니 그만 달라."고 했더니, 화를 버럭 내며 "끓을 만큼 끓어야 밥이 되지, 생쌀이 재촉한다고 밥 되나?" 나도 기가 막혀서 "살 사람이 좋다는데 무얼 더 깎는다는 말이오? 노인장 외고집이시구먼. 차 시간이 없다니까." 노인은 퉁명스럽게 "다른 데 가 사우, 난 안 팔겠소." 하고 내뱉는다. 지금까지 기다리고 있다가 그냥 갈 수도 없고, 차 시간은 어차피 틀린 것 같고 해서, 될 대로 되라고 체념할 수밖에 없었다. "그럼 마음대로 깎아 보시오." "글쎄, 재촉을 하면 점점 거칠고 늦어진다니까. 물건이란 제대로 만들어야 깎다가 놓치면 되나." 좀 누그러진 말씨다. 이번에는 깎던 것을 숫제 무릎에다 놓고 태연스럽게 곰방대에 담배를 담아 피우고 있지 않는가. 나도 고만 지쳐 버려 구경꾼이 되고 말았다. 얼마 후에 노인은 또 깎기 시작한다. 저러다가는 방망이는 다 깎아 없어질 것만 같았다. 또 얼마 후에 방망이를 들고 이리저리 돌려 보더니 다 됐다고 내준다. 사실 다 되기는 아까부터 다 돼 있던 방망이다.

차를 놓치고 다음 차로 와야 하는 나는 불유쾌하기 짝이 없었다. '그따위로 장사를 해 가지고 장사가 될 턱이 없다. 손님 본위가 아니고 제 본위다. 그래 가지고 값만 되게 부른다. 상도덕도 모르고 불친절하고 무뚝뚝한 노인이다.' 생각할수록 화증이 났다. 그러다가 뒤를 돌아다보니 노인은 태연히 허리를 펴고 동대문 지붕 추녀를 바라보고 섰다. 그때, 그 바라보고 섰는 옆모습이 어딘지 모르게 노인다워 보이고 부드러운 눈매와 흰 수염에 내 마음은 약간 누그러졌다. 노인에 대한 멸시와 증오도 감쇄된 셈이다.

집에 와서 방망이를 내놨더니 아내는 이쁘게 깎았다고 야단이다. 집에 있는 것보다 참 좋다는 것이다. 그러나 나는 전의 것이나 별로 다른 것 같지가 않았다. 그런데 아내의 설명을 들어 보면 배가 너무 부르면 힘들여 다듬다가 옷감을 치기를 잘하고 같은 무게라도 힘이 들며, 배가 너무 안 부르면 다듬잇살이 펴지지 않고 손에 헤먹기가 쉽다. 요렇게 꼭 알맞은 것은 좀체로 만나기 어렵다는 것이다. 나는 비로소 마음이 확 풀렸다. 그리고 그 노인에 대한 내 태도를 뉘우쳤다. 참으로 미안했다.

옛날부터 내려오는 죽기竹器는 혹 대쪽이 떨어지면 쪽을 대고 물수건으로 겉을 씻고 곧 뜨거운 인두로 다리면 다시 붙어서 좀체로 떨어지지 않는다. 그러나 요새 죽기는 대쪽이 한번 떨어지기 시작하면 걷잡을 수가 없다. 예전에는 죽기에 대를 붙일 때, 질 좋은 부레를 잘 녹여서 흠뻑 칠한 뒤에 볕에 쪼여 말린다. 이렇게 하기를 세 번 한 뒤에 비로소 붙인다. 이것을 소라붙인다고 한다. 물론 날

짜가 걸린다. 그러나 요새는 접착제를 써서 직접 붙인다. 금방 붙는다. 그러나 견고하지가 못하다. 그렇지만 요새 남이 보지도 않는 것을 며칠씩 걸려 가며 소라붙일 사람이 있을 것 같지 않다.

약재만 해도 그렇다. 옛날에는 숙지황熟地黃을 사면 보통 것은 얼마, 윗길은 얼마 값으로 구별했고, 구증구포九蒸九曝한 것은 세 배 이상 비싸다. 구증구포란 아홉 번 쪄 낸 것이다. 눈으로 봐서는 다섯 번을 쪘는지 열 번을 쪘는지 알 수가 없다. 말을 믿고 사는 것이다. 신용이다. 지금은 그런 말조차 없다. 어느 누가 남이 보지도 않는데 아홉 번씩 찔 이도 없고, 또 그것을 믿고 세 배씩 값을 줄 사람도 없다.

옛날 사람들은 흥정은 흥정이요 생계는 생계지만, 물건을 만드는 그 순간만은 오직 아름다운 물건을 만든다는 그것에만 열중했다. 그리고 스스로 보람을 느꼈다. 그렇게 순수하게 심혈을 기울여 공예미술품을 만들어 냈다. 이 방망이도 그런 심정에서 만들었을 것이다. 나는 그 노인에 대해서 죄를 지은 것 같은 괴로움을 느꼈다. "그따위로 해서 무슨 장사를 해먹는담." 하던 말은 "그런 노인이 나 같은 청년에게 멸시와 증오를 받는 세상에서 어떻게 아름다운 물건이 탄생할 수 있담." 하는 말로 바뀌어졌다.

나는 그 노인을 찾아가서 추탕에 탁주라도 대접하며 진심으로 사과해야겠다고 생각했다. 그래서 그다음 일요일에 상경하는 길로 그 노인을 찾았다. 그러나 그 노인이 앉았던 자리에 노인은 와 있지 아니했다. 나는 그 노인이 앉았던 자리에 멍하니 서 있었다. 허전하고 서운했다. 내 마음은 사과드릴 길이 없어 안타까웠다. 맞은편 동대문의 지붕 추녀를 바라다보았다. 푸른 창공에 날아갈 듯한 추녀 끝으로 흰 구름이 피어나고 있었다. '아, 그때 그 노인이 저 구름을 보고 있었구나.' 열심히 방망이 깎다가 유연히 추녀 끝의 구름을 바라보던 노인의 거룩한 모습이 떠올랐다. 나는 "동쪽 울타리 아래서 국화를 캐다가, 유연히 남산을 바라보노라採菊東籬下, 悠然見南山." 던 도연명의 시구가 새어 나왔다.

　오늘 안에 들어갔더니 며느리가 북어자반을 뜯고 있었다. 전에 더덕북어를 방망이로 쿵쿵 두들겨서 먹던 생각이 난다. 방망이 구경한 지도 참 오래다. 요새는 다듬이질하는 소리도 들을 수가 없다. "만호에 다듬이질 소리萬戶擣衣聲"니, "그대 위해 가을밤에 다듬이질하는 소리爲君秋夜擣衣聲"니 애수를 자아내던 그 소리도 사라진 지 이미 오래다. 문득 사십 년 전 방망이 깎던 노인의 모습이 떠오른다.

치아

아내는 아들과 한 상에서 저녁을 먹고 있었다. 머리가 희끗희끗하고, 이 빠진 두 볼이 들어가서 늙은이가 다 되어 보였다. 원래 이가 좋지 아니해 여러 개 해 박았지만, 해 박은 이가 상하고 또 몇 개 더 빠져서 인제는 틀니를 해야 할 판이다. 그래도 자기는 김치 깍두기 쪽만 움질움질해 넘기면서 연한 고기는 연상 밀어서 아들을 먹이느라 바쁘다. 그 모습이 돌아가신 어머니 모습 과 흡사했다. 어머니 된 이의 마음이란 다 저런가 생각하니 눈시울 이 뜨거워지며 예전 어머니 모습이 떠오른다.

어머니는 마흔다섯부터 치아가 거의 다 빠져서 잇몸으로만 자 셨다. 그때만 해도 이를 해 박는다는 것은 좀체로 생각도 못 하던 시절이다. 더욱이 우리 같은 촌 빈가에서는. 나는 그때 너무 어려서 치아 없는 것이 얼마나 고통스러운 것인지를 몰랐다. 늙으면 으레 저렇게 입이 오무라지는 법이거니 했고, 움질움질 먹는 것이 우습기만 했다. 지금 생각하면 한스러운 일이다.

나는 아내의 모습을 말없이 한참 바라보다가 속으로 가만히 어머니 하고 불러봤다.─어머니는 만인의 어머니다.

나는 내 방으로 나와서 가만히 내 아들을 불렀다. 너의 어머니가 이가 없어서 음식을 제대로 씹지 못하니 고생스러울 것이고 소화도 잘 안 될 것이니 내일이라도 모시고 가서 틀니를 해 드리라고 일렀다. "네." 하는 아들의 대답에는 풀이 없었다. 제게 돈이 없는 탓이다. 나는 그것을 안다. 서랍에서 돈을 꺼내 주며, 우선 이 돈을 써라. 그리고 조금씩 되는 대로 모아서 가져오너라, 하고 일렀다. 이래서 아내는 치과에를 다니기 시작했다. 아들은 아들대로 어머니의 틀니를 해 드려서 마음에 흡족하고 떳떳한 모양이요, 어머니는 자식이 해 주는 것이 더 기쁘고 자랑스러운 모양이었다. 나도 기뻤다. 그때 나도 이를 해 드렸다면 어머니가 얼마나 기뻐하셨을까 생각하니 눈물이 핑 돈다. 얼마 후. 어느 날 저녁때, 아내는 웃는 낯으로 대문을 열고 들어섰다. 이를 다 해 끼었다는 것이다. 치과에서들, 이를 다시 해 끼더니 한 십 년은 젊어졌다고 했다는 것이다. 사실 들어갔던 두 볼이 다시 살아나고 나들이 옷에 머리까지 매만졌으니 십분 젊어졌다. "웅, 당신 인제 아주 젊은 미인이오." 하고 서로 웃었다. 그나 내나 서산에 기울어 가는 석양이다. 십 년이 젊어졌다는 말에 잠시 서로 웃어 본 것이다.

나는 생각한다. 어머니는 그때 오십이 채 못 되셨다. 만일 틀니라도 해 드리고 몸단장이라도 하실 수 있었다면 지금 내 아내보다 더 고우셨을 분이다. 그러나 가난한 생활에 쪼들려 당신의 몸을 돌아다보실 겨를도 없었고 잇몸으로 십여 년을 사시다 가셨다. 그에게는 지금 우리가 누리는 정도의 문명의 혜택조차 차례가 가지 못했다. 합죽할머니 같은 그 모습으로 보리밥에서 입쌀 섞인 쪽으로 가려 퍼서 나를 먹이던 것이 어제 같다. 나는 담배를 피워 물며 손으로 머리칼을 움켜쥔다.

밀물

나는 일찍이 어느 어촌에서 살아, 밀물[潮水]을 여러 번 구경했다. 끝없는 해천海天이 늠실늠실 울컥이며 호호탕탕하게 밀어닥치는 그 조수. 지금도 눈에 보이는 듯하다. 나는 가슴이 벅차 오른다. 삽시간에 팔 미터를 상륙해 오는 그 조수의 진격! 나는 그 해심海心으로 뛰어들어 가서 그 조수와 같이 상륙해 보고 싶은 감격적인 충동을 느낀다. 수천 수백만의 흰 물결이 거침없이 진격해 오는 그 승승장구의 호탕한 행진! 나무토막 같은 대어大魚가 두둥그러지며 조수의 밀려오는 모습이 물속에 보인다.

이윽고, 조수는 나갔다. 팔 미터의 개흙밭이 검을 뿐이다. 조수 지나간 자리는 오직 팔 미터의 개흙으로 물들은 황폐한 광야가 놓여 있을 뿐이다. 나는 문득 허탈감을 느낀다. 개흙밭에 서서 푸른 하늘을 우러러볼 때, 이유 모를 눈물이 돈다.

조수에 밀려왔다 개흙밭에 던져 있는 조개들이 물거품을 마신다. 어촌의 부녀들이 종구리를 들고 나와서 조개를 줍고 있다. 방게들은 재빠르게 허둥지둥 개흙에 굴을 파고 숨어 버린다. 그러나 사람들은 굴마다 손으로 뒤져서 방게를 잡고 있다. 조수 나간 뒤의 개밭의 풍경이다.

일진일퇴란 말이 있지만, 그 밀려오는 기세는 어찌 그리 장했으며 그 지나간 자취는 어찌 그리 처참하뇨. 밀물! 아, 밀물이었던 것이다.

측상락廁上樂

잠시나마 안정이 그립다. 하도 숨가쁜 세상이니 흰 구름 뭉게뭉게 일어나는 깊은 산, 고요한 절에서 목탁을 울리며 사는 승려의 생활도 이 세상에서는 벌써 신화가 되고 말았다. 강낭콩같이 푸르고 맑은 호숫가에 일간죽一竿竹을 드리우고 고기와 벗을 삼아 짙어 가는 저녁노을에 물들어 보는 것도 태곳적 꿈인 양 싶다. 구태여 생생한 현실을 등지고 도피의 생활을 추구하랴마는, 진실로 너무나 몸 둘 곳이 없이 숨가쁘기 때문이다.

제집 대문간을 나설 때도 무슨 불안이 문밖에 기다리고 서 있는 것만 같고, 제집 문간에 다 와서도 안에서 무슨 괴상스러운 일이 일어난 것만 같다. 이 초조한 심경은 대체 어디서 오는 것일까? 제집 방구석이라고 그리 안락한 자유성自由城은 아니다. 소란과 추악과

야비의 속취俗臭는 구석구석 스미어들고 무미와 건조와 침울과 공포는 염통에 쉬파리 떼처럼 들어붙는다.

'이유 없는 반항'이란 십대 소년의 생태를 그린 영화의 제목이라거니와, '이유 없는 초조'는 노경에 가까워 가도 면할 수 없는 현대인의 생태라고나 할까. 백팔번뇌에 시달리는 어리석은 중생들이라고 초연히 비웃는 석가모니는 대체 이 세상에 누구냐? 그러나 나에게는 한 복지福地가 남아 있다. 변소에 문을 닫고 용변하는 시간만은 완전히 이 세상과 절연된 특권을 향유한다. 겨우 두 다리를 오그리고 앉을 수 있는 좁은 우주. 그러나 자유가 확보되어 있는 우주요, 나에게만 주권이 부여되어 있는 왕국이다. 이 우주 안에 들어 있는 동안만은 완전히 치외법권에 속하는 지역으로 할애받고 있다. 그 시간만은 아무도 내 절대권을 침해하려 들지 않는다. 영원히 연결되어 있는 시간선상에서도 나에게만 완전히 포기해 준 은총의 시간이다. 큰 기침을 하건 가래침을 뱉건 바지춤을 끄르고 하반부의 둔육臀肉을 노출하건, 수륙병진水陸並進으로 배출을 하건, 악취를 마음대로 분산시키건, 아무 시비도 체면도 없다. 법률이야 물론이지만 도덕도 예의도, 인습도 전통도 아무것도……. 모든 사회적인 간섭, 인간적인 관련에서 오는 시비 훼예도 없다.

나는 굳이 내 결백을 수식할 필요도, 내 단정한 품격을 조작할 필요도, 시간에 분망할 필요도 없다. 우선 조여 매었던 혁대를 끄르고 켜켜로 입었던 바지며 내의, 속내의에서부터 하반부의 둔육을 해방시키고 두 발을 고여, 전신을 편안히 내려 앉히면 위로 충만했던 모든 들뜬 기운이 가라앉으며 평온한 희황시대羲皇時代로 돌아온다. 향기롭지 못한 냄새도 어느덧 잊어버리고 만다. 마치 이 세상에 오래 살아 이 세상 냄새를 모르고 배기듯이. 아무도 이 문을 열 사람은 없다. 아무 일도 내 스스로가 나가기 전에는 부를 리도 없다. 찾을 리도 없다. 나에 대한 모든 것은 나의 이 작업으로 말미암아 권위 있게 스톱당하고 만다. 지구조차 이 속에서는 돌지 않는다. 외계에서 수소탄이 터지든 태양이 물구나무를 서든 나는 결코 개의하지 아니해도 좋다. 내가 이 작업을 하고 있는 한, 이런 무관심과 태만에 대해서도 아무도 문책하는 사람은 없다. 잠시 가쁜 숨을 그치고 유유한적한 세계에서 기상천외의 꿈속을 헤매며 오유遨遊하는 것도 나의 자유일 것이다. 이 지상에서 자유 해탈의 시간은 이 시간뿐이고, 소부巢父, 허유許由가 놀던 기산箕山, 영수穎水는 남아 있는 곳이 이곳뿐이다.

기몽記夢

인생이 꿈이라면, 꿈도 인생의 일편. 꿈이지만 여기 기록에 머물러 둔다.

끝없는 대로를 휘적휘적 걸어간다. 사람 하나 없는 광야, 거기는 중국이다. 나는 외로운 나그네의 몸으로 중국의 명승고적을 김삿갓처럼 걸어 보는 것이다. 가을바람이 소슬하다. 여기는 낙엽이 지는 끝없는 벌판, 한 줄기 푸른 강이 왕왕汪汪히 흐른다. "가없이 지는 잎은 쓸쓸히 내리고, 다함 없는 장강은 쉼없이 흘러오네無邊落木蕭蕭下, 不盡長江滾滾來."란 바로 여기구나 하며 또 한 구비를 지나간다. 멀리 숲속으로 산이 보이고 은은히 절 같은 것이 보인다. 저곳이 태사공 사마천의 저택이다. 그가 아직도 살아 있었구나. 만고의 영웅, 호걸, 제왕, 장상將相이 다 그의 붓끝에서 미진微塵같이 날렸고, 천고의 시비곡직이 그의 일필—筆에서 심판받았었다. 누가 감히 그의 무릎 앞에 조아리지 않고 그의 풍도風度를 앙시仰視하지 아니하였으랴. 역시 만고의 제왕, 호걸은 그의 수록에 겨우 이름을 머무르고 사라졌으되, 그만은 지금도 살아 있구나. 내 동국의 서생으로 오늘 그를 만나 풍모를 접하고 일언을 나누는 것도 복이 아닌가. 그가 비록 천고의 문장이나 우리나라 사정을 자세히 알 수 없어 「동이열전東夷列傳」에 황당 왜곡의 기사가 많다. 내 이를 한번 물어보리라. 이런 생각을 하며 그의 저택을 찾았다. 대궐보다 으리으리한 궁전이다. 주홍칠을 한 아름드리가 넘는 둥근 기둥, 큰 소슬대문이 활짝 열려 있었다. 나는 문밖에서 절을 해 경의를 표하고 들어섰다. 문안 넓은 마당은 텅 비어 있었다. 또 한 문을 들어서서 다시 절하고 일어섰다. 층계 위 높은 마루 전각에는 문이 닫히고 괴괴하니 인적이 없었다. 좌우 낭청廊廳에 사람들이 있는 것은 분명하나 나타나는 사람은 없었다. 다시 층계로 올라가 주저하자 동자가 하나 나타난다. 절의 상좌 같다. 나직한 목소리로,

"동국서 오셨구먼요." 은근히 묻는다.

"선생님이 손이 오실 줄 아시고 기다리셨지요. 그러나 때가 늦었습니다. 조용히 가십시오. 선생님은 장안에 액이 있어서 가셨습니다." 다시 물으려 할 때 동자는 사라지고 말았다. 나는 한참 망연히 서 있다가 '장안의 액이란 무슨 뜻인가. 하여간 장안에 가면 알겠

지.' 하고 다시 길을 떠났다.

여기가 바로 장안. 그런데 장안이 왜 우리 중앙시장 같을까? 벽보가 붙어 있다.

"국적國賊 사마천司馬遷 타도!"

"흉노와 내통한 농필弄筆 소인小人을 처형하라!" 나는 직감적으로 이릉李陵 사건의 필화로 체포된 것이라 알았다. 그의 얼굴이라도 보려고 감옥으로 들어섰다. 순경이 나타나더니(우리나라 순경과 똑같은 차림) 시민증을 보이라고 한다. 나는 당황했다. 시민증이 없다. 태사공을 면회하러 왔다고 했다. 나는 자신이 있었다. 위대한 사마천을 만나러 온 문화인이라면 푸대접은 못 하리라는 생각에서다. 그러나 허가장 없이 들어오면 다 죄수로 다룬다는 것이다. 불문곡직하고 내 멱살을 끌어 나꿔채면서,

"뭐 어째, 너도 세상 모르는 버러지 같은 놈이구나, 맘대로 실컷 봐라." 하고 목책 앞으로 떠다박지른다. 통나무 창살 안에 남루하고 초췌한 구루傴僂 같은 노인이 줄에 매여 벌벌 떨고 있었다. 옆에 서슬이 퍼런 옥리들이 눈을 부라리며 욕설을 하고 매질을 하고 있었다. 옆에서 사람들이 와 웃으며 조롱을 하고 있었다. 이 비참한 죄수가 사마천인 것을 알 수 있었다. 노끈에 무슨 청강수 같은 약을 칠해서 그의 불알을 잡아매고 있었다. 나는 저것이 소위 부형腐刑이구나 했다. 나체가 된 말라깽이 노인은 몸을 움츠리고 다리를 오

그리며 바둥댔다. 형리가 소리를 질렀다.

"바둥대지 말고 다리를 벌려, 돼지새끼는 사금치로 불알을 째는데, 너도 불알을 째야 알겠니?"

노인은 순순히 다리를 벌리고 체념한 듯이 애원하듯이 내려다보고 있었다. 나는 사마천이란 처참하고 하잘것없는 늙은이였구나하고 멍하니 보고 있었다. 멀리 붉은 안개 속에서 궁전 같은 태사공의 저택이 신기루처럼 나타나며 동자가 헤치는 책장 갈피에서 영웅호걸들의 이름이 나비같이 날아 우수수 낙엽이 되어 분분히 떨어지더니 사라지고 창살 안에서 사마천의 비탄 소리가 들렸다. 나는 창살을 붙들고 엉엉 울었다. 드디어 땅을 치며 목을 놓고 말았다. 문득 눈앞에 모든 것은 간데없고 나는 광막한 잔디밭에서 울고있었던 것이다. 나는 더 크게 울었다. 내 울음소리에 잠이 깼다.

밤은 새로 네 시. 잠은 다시 오지 않고 새벽은 아직도 멀었다.

미제
껌

창경원 앞에 앉아서 껌을 파는 부인들이 있다. 상자에는 국산 껌을 놓고, 치마 속 몰래 미제 껌을 꺼내 판다. 바로 문 앞에 또 다른 껌 상자를 들고 서성대는 초라한 부인이 있다.

그가 껌 세 개를 팔자, 앉았던 부인 하나가 쏜살같이 내달려,

"내 껌 사세요." 하고 밀치는 바람에 껌 상자는 떨어지고 껌은 짓밟혀 버렸다.

"남의 껌 보라."고 소릴 지르자 앉아 있던 장사들이 저마다,

"이게 국산 껌이지, 미제 껌이야? 누가 미제 껌을 팔았어!"

"저년 미제 껌 판다."고 마주 소릴 쳤다. 이것이 싸움의 시초.

"너 이년, 미제 껌 팔았지. 금지품이다. 유치장에 가는 줄 몰라? 이년, 경찰서로 가자."

"저년 치마 속에 감추었다. 치마 속 좀 보자."

"미제 껌만 못 찾아내 봐라. 누가 미제 껌 가졌어?"

하며 치마폭을 들어 보였다. 사실 그 여인은 미제 껌을 가지고 있지 않았다.

"저년 사타구니에 끼웠다. 옷 벗겨 보자." 하며 우우 달려들어 옷을 벗기려는 바람에 그 여인은 당황해서 주저앉아 버렸다. 위에서 뭇 주먹이 소나기 퍼붓듯 내렸다. 이때, 뚜벅뚜벅 순경이 왔다. 순경을 보자 호소할 곳이나 만난 듯 벌떡 일어난 여인은,

"껌값 물어내. 왜 남의 껌을 짓밟아, 미제 껌은 네년들이 가졌지. 나는 평생에 미제라고는 산 적도 판 적도 없어." 하며 악을 쓰자 앉았던 장사들이 "이년", "저년" 아우성을 치며 달려들어 멱살을 잡아 흔들고 드디어 혼전을 이루었다.

순경은 두 편을 억지로 떼어 말리며,

"왜 그러느냐?"고 물었다.

"저년이 글쎄 우릴 보고 반말지거리, 욕지거리를 하지 않아요? 네년한테 반말 들을 년이 이 세상에 어느 년이냐?" 하며 딴청으로 기세를 부렸다.

순경은 길에서 싸우면 교통방해라며, 다 붙잡아 간다고 크게 꾸짖고, 서서 팔던 여인을 멀리 가도록 등을 밀어 보냈다.

그는 너무 분했던지 뒤를 힐끔힐끔 돌아다봤다. 그러자 한 여인

이 쏜살같이 달려가서,

"네가 돌아보면 어쩔 테야, 건방진 년 같으니." 하며 뒷덜미를 갈기고 돌아왔다.

그들은 야릇한 승리감의 웃음을 터뜨렸다. 순경도 할 일을 다 했다는 듯이 웃고 지나갔다.

아, 이것은 이 사회 그대로의 한 축도가 아닌가.

돌아서서 가는 저 초라한 여인. 집에 돌아가면 억울했던 것, 분했던 것, 아픈 것은 다 잊어버려도 밑천 채 들린 그 껌값은 잊지 못하려니.

텃세로 교활하게 외래자를 축출하고 잠시 승리감에 웃어 보던 저 부인들. 그들은 또 얼마나 대견한 돈을 들고 어두운 집들을 찾아들 것인가.

세태에 빠진 통찰력의 소유자인 경관. 그는 또 어둔 저녁에 자기 집 문턱을 들어설 때 피로한 다리가 얼마나 가뿐할 수가 있을까.

미제 껌만 없었어도 이 일막의 촌극은 없었을 것이다.

나는 사십여 년 전에 청량리 가로수 밑에서 복숭아를 사 먹은 일이 있었다. 세 여인이 광주리를 나란히 놓고 있었다. 그중 한 여인에게 세 개를 사 먹고, 더 사려니까 옆의 광주리를 가리키며,

"저 광주리의 것도 좀 사라."고 했다.

"왜 아주머니는 더 안 파십니까?"

했더니, 우리 둘은 그래도 얼마씩 팔았으나 저 아주머니는 아직 마수걸이도 못 했으니 같이 앉아서 보기 미안하고 딱하다는 것이다. 한 이웃에서 왔느냐고 물었더니 자기네 둘은 한 이웃이나 저 아주머니는 딴 동네에서 오늘 처음 온 모양이라는 것이다. 옆의 광주리 장사는 또 이대로 괜찮다고 사양을 했다.

나는 세 광주리에서 똑같이 사서 보에 쌌다. 세 여인은,

"학생, 참 마음씨도 곱지." 하며 다 같이 기쁘게 웃어 주었다.

아, 그렇던 그들인데, 누가 그들을…….

씀바귀
맛

나는 씀바귀나물을 좋아한다.

식초를 쳐서 무치면 제법 향기롭고 혹 고추장을 어리면 한층 감빨린다. 그러나 우리 집에서는 나밖에 먹는 이가 없다. 아이들도 입에 넣다가는 쓰다고 뱉어 버린다.

A 군과 술상을 같이하며 씀바귀를 권했더니 그도 쓰다고 안 먹는다.

"이 사람, 그것은 쓴맛에 먹는 걸세. 자네도 외가가 나쁘네그려." 하고 웃었다. 어디서 온 말인지는 모르지만 쓴 것을 못 먹으면 외가의 지체가 낮다는 말이 있다. 옆에 있는 내 아내를 보며 조롱의 말을 한 것이다.

"쓴 것 좋다는 분이 당신 외에 누가 있어요?" 아내의 대꾸다.

"쓴 것, 짠 것, 신 것, 매운 것, 다 빼면 무슨 맛이 남노? 단 것만 먹고 맛을 아나. 쓴맛이라야 혀뿌리에 남지. 이것이 맛이지."

"단맛은 노문盧文 맛이요. 쓴맛은 두시杜詩 맛이다."

"두시는 두보의 시겠지만 노문盧文이란 누구 글인가? 당나라 시인 노조린盧照鄰의 글인가? 노신魯迅의 글인가?"

"중국 사람이 아니지."

"그러면 노계盧溪의 글인가?"

"아니, 전에 노자영盧子永이란 이의 글이 있었느니······."

"오, 그「금공작金孔雀의 애창哀唱」이니 무슨「사랑의 불꽃」이니 하는 글로 한때 낙양의 지가를 올리던 사람, 지금은 그 글 아는 사람도 없지."

"사탕이니까 혀끝에서 다 녹아 버렸지. 남을 수가 있나."

"그는 그렇다 하고 쏨바귀 맛이 왜 두시 맛이란 말인가."

두보같이 인생의 가지가지 고苦를 맛본 시인은 없다. 난세에 태어났고, 가난한 집에 태어났고, 다병多病한 체질을 타고났고, 일생을 역경에서 살았고, 문재文才와 포부를 가지고도 과문科文에는 실패만 했고, 형제 친척은 유리산락遊離散落하여 생사가 안타까웠고, 전란에 지향 없이 표박하는 몸으로 객고客苦와 기한飢寒 속에 산 시인이다. 아내는 굶주려 병들고, 자식은 굶주려 죽었다. 그의 일생 동안 눈에 비친 것은 오직 비참한 광경과 분노와 통탄뿐이었다. 그러므로 그의 시는 모두 현실의 증언이요 고발이며, 피와 눈물의 기록이다. 그러나 그는 이백처럼 현실에서 초탈하려 하지 않고 왕유나 도잠처럼 은둔하려 하지 않고, 완적阮籍과 같이 창광猖狂하지 않고, 가의賈誼와 같이 현세를 포기하지 않고, 이하李賀와 같이 데카당스 하지 않고, 그의 고苦에 대한 태도는 너무나 엄숙하고 진실했다. 그 속에서 인생을 맛보고, 찾고 또 음미하고, 만인의 고苦를 대신 노래하며 인생을 새로이 창조해 나갔다. 그는 글을 쓰는 데까지도 고苦를 사양하지 않았다. 한 자 한 자에 고혈苦血을 경주했다.

"글자 한 자라도 경인구驚人句가 아니면 죽어도 방과放過하지 않는다語不驚人死不休."고 했다. 이백이 왜 그토록 말랐느냐고 물었더니 "글 생각하기에 말랐다."고 했다. 정말 그의 시는 고苦의 결정체다. 그를 시성詩聖이라고 하지만 고성苦聖이라 해도 좋을 것이다. 그러나 고에 살고 고를 소재로 고로 엮은 그 고의 시가, 얼마나 아름다운가. 그의 시를 읊어 보면 그 아름다움에 오직 황홀하다. 모든 인생고가 그 아름다움에서 해소됨을 느끼리라. 예술을 고민의 상징이라고 한 사람이 있지만, 나더러 말하라면 고苦의 승화다. 괴테의 『젊은 베르테르의 슬픔』을 읽어 보아도 그렇다. 얼마나 아름다운 글인가. 그것은 괴테의 고苦의 승화다. 그런데 그 책을 품고 자살한 청년들이 있었다. 이 얼마나 추한가. 소아小我의 고苦를 객관화하여 대아大我의 고苦로, 협곡에서 오열하는 물을 승화하여 대해의 심연으로—여기에 인생의 깊은 맛이 있고, 여기서 새로운 황홀의 경지가 열리는 것이다.

"그것은 자네의 씀바귀 철학일세그려."

나는 씀바귀를 다시 한 젓갈 들고, "여보게, 인생은 이 맛일세." 하며 웃었다.

조매造梅

S 양이 만든 매화.

꽃은 흡사하다. 진가眞假를 구별하기 어려울 만큼 묘한 솜씨다. 그러나 아깝게도 사화死花를 면치 못했다. 그 줄기와 가지에 병통이 있다.

조화造花의 묘는 다만 화형花形이 비슷한 데 있지 않고 화심花心을 그려 내는 창작력에 있다.

풍죽風竹을 그리면 스치는 바람이 소슬하게 일어나야 하고, 유란幽蘭을 그리면 그 맑은 향기가 은은히 피어나야 한다. 매화를 만들면 그 암향이 떠올라야 한다. 푸른 잎 새로 날려 오는 난초 향기를 유향幽香이라 하고, 그 성긴 가지로 떠오르는 매화 향기를 암향暗香이라고 한다. 암향을 나타내자면 꽃보다도 먼저 가지에서요,

가지보다는 줄기, 줄기보다는 등걸에서다. 이것이 살아야 비로소 꽃이 산다. 한 송이의 꽃은 우연히 가지 위에 나타난 것이 아니다. 온 그루에 모인 정精이 필연적으로 터져서 유기적으로 나타난 것이다. 뿌리는 흙 속에 묻혀서 보이지 않는다. 연륜은 꺾어 보기 전에는 알 길이 없다. 그러나 온갖 풍상 속에서 매몰스리 지켜 온 그 높은 절개, 등걸 속에서도 맥맥이 흐르는 강한 생명력, 찬 눈을 뚫고 나오는 그 민감, 담아淡雅하고 고고한 모든 품격이 한 그루의 매화로 눈앞에 생동할 때 비로소 그 가지와 줄기에서는 구슬 같은 꽃이 맺혀 향기를 토하는 법이다. 그러므로 이것만 살리면 꽃은 없어도 바야흐로 터져 나오려는 꽃 기운에서 그 향기를 맛볼 수가 있는 것이다. 그러나 이것이 살지 못하면 마른나무 끝에 밥풀같이 붙은 꽃들이라 이미 생맥生脈을 잃었으니 무슨 향기가 있을 것인가. 이는 사화死花요, 활화活花가 못 된다.

옛사람도 일찍이 "난정蘭情을 알아야 난초를 그리고, 죽기竹氣가 있어야 대를 그린다."고 하지 아니했던가. 그렇지 못하면 지필紙筆로 그린 초목에서 어찌 신운神韻이 표일함을 볼 수 있을 것인가. 매화를 만들자면 먼저 매화를 알아야 하고, 매화를 알자면 매화가 돼 봐야 한다. 세상에는 진매眞梅를 아는 이가 드물다. 그 꽃의 비슷함을 신기하게 여기고, 그 혼의 온자함을 모른다.

그러나 마음속에 매화가 있어 그루마다 매화가 되기도 하고, 매화를 가꾸고 가꾸면 마음속에 매화가 깃들기도 한다. 매화를 만들어 보는 그 마음이 이미 매화를 사랑하는 마음씨일 것이다. 묘기妙技가 일진함에 따라 마음속에 진매眞梅가 솟아날 것이다.

내 조화를 연구한 적은 없다. 그러나 세상에는 매양 비슷한 이치가 있는 것을 안다. 먹을 갈아 놓고 화선지에 한 폭 묵매墨梅를 칠 때와 붓을 가다듬어 한 수의 매화 시를 읊을 때가 곧 그것이다.

예전에 최북崔北이라는 화가는 산만 그리고 물은 그리지 아니했다. 그 이유를 힐난했더니 눈을 부릅뜨고, "산 밖이 다 물이 아니고 무엇이냐?"고 했다는 것이다. 그 말의 옳고 그름은 내 아는 바 아니다. 그러나 오묘한 맛이란 항상 붓 밖에 있는 법이다.

냇가의 돌을 그리고 울 밑의 대를 그리면 오직 돌이고 대일 뿐이다. 목석에 무슨 정이 있고 운韻이 있으랴. 그러나 마음속의 돌과 매화를 그렸다면 그것은 그냥 목석만일 수는 없다. 그렇다고 또 돌과 대를 돌과 대로 그리지 않는다면 그것은 또 돌이 아니요 대가 아니다. 여기에 부질없이 기교를 더하면 이것은 사족일 뿐이다. 저간의 소식을 알면 나의 조화론도 오직 황당한 말은 아닐 것이다.

어찌하면 묵은 등걸에서 옥 같은 그런 꽃이 맺히노? 어찌하면 그 작은 꽃에서 그런 향기가 퍼져나노? 굵은 뿌리는 땅속에 깊이 묻혀 있어, 가는 실뿌리로 빨아 올리고 빨아 올려 등걸 속에는 생명이 맥맥이 흐르고 있다. 줄기로 가지로 뻗쳐 오르는 그 기운이 꽃망

울이 되고 향기가 된 것이다. 눈 속에서 피어나는 그 향기이기에 더욱 맵고 깨끗하다. 사람의 향기도 이와 같은 것이 아닐까.

넥타이

체경 앞에서 넥타이를 매려니까 가락이 헝클어져서 잘 매지지를 않는다. 다시 매도 또 헝클어진다. 몇 번을 고쳐매도 영 생각이 나지를 않는다. 허구한 날 매던 넥타이를 오늘따라 맬 줄을 모르다니 딱한 노릇이다. 할 수 없이 아이놈을 불러 좀 매달라고 했다.

내가 젊어서 처음 양복을 사 입고 넥타이 매는 법을 배우느라고 체경 앞에서 연습해 본 적도 있지만 넥타이를 못 매서 쩔쩔 매기는 처음이다. 글씨를 쓰다가 밤낮 쓰던 글자, 그나마 제대로 써 놓고도 눈이 서툴 때도 있고, 밤낮 다니던 길을 차에서 내려 어느 쪽인지 어리둥절한 때도 있고, 이웃의 영양令孃이 옷만 갈아 입어도 누구시냐고 딴전을 하기 일쑤인 내라, 원래 똑똑한 편은 못 되지만 오늘은 좀 심한 것 같다.

해관장海觀丈[근대의 서예가 윤용구의 호]은 만년에 남에게 글씨를 써 주다가 거침없이 다 써 읽어 보고는 서명할 때 와서 "내 성명이 뭐더라?" 해서 사람을 웃겼다지만 이것은 노래老來의 일이다. 나야 그렇게 늙지도 않았다.

예전에 어느 학자가 어전御前에 불려 와서 너무 긴장되어 있다가 갑자기 그 나이를 하문하시는 바람에 생각이 막혀 쩔쩔매고 물러났다는 이야기가 있지만, 나는 긴장될 까닭이 없다. 황의돈黃義敦 씨처럼 남의 나이는 물론 생일까지, 몇십 년 전의 날짜 숫자까지 꼬박꼬박 기억하는 분과 만나면 부끄럽기보다 저게 정말일까 의아할 정도다. 그러면 나는 선천적으로 건망증이 가끔 있는 사람인 모양이다. 이왕 건망증이 있을 바에는 과거의 모든 쓰라리고 슬프고 불유쾌한 경험조차 씻은 듯 잊었다면 내 건강에도 한결 다행하련만, 안 잊히는 놈은 좀체로 잊혀지지 않는데 하필 오늘따라 넥타이 매던 것을 잊어버렸다.

모자를 들고 뜰에 내려서자 언뜻 생각나는 이야기가 있다.

예전에 한 장님이 반생을 햇볕을 못 보고 살다가 용하다는 신의神醫를 만나서 침 한 대에 눈을 떴다. 어떻게 세상이 신기 황홀한지 그야말로 환천환지歡天歡地 좋아서 날뛰다가 집으로 오려는데 방향을 몰라 길을 찾을 도리가 없다. 헤매다 그냥 주저앉아 울어 버렸다.

이때 지나가던 사람이 있어 이 사정을 듣고는,

"눈을 도로 감고 가 보구료." 해서 눈을 다시 감고 지팡이로 더듬으니 쏜살같이 길이 나섰다. 그렇다. 내가 넥타이 매는 법을 잊어버린 것은 체경 앞에 선 게 탈이다. 진작 들고 나오며 맬 노릇이었다. 몇 해 동안 아침마다 출근 시간이면 총총해서 허둥지둥 매는 것이 습관화되어 손이 자동적으로 매 주었던 것이다. 반사적으로 행동해야 일이 순하고, 의식적으로 생각하면 어렵다.

소동파를 골려먹은 청년이 있지 아니했던가.

소동파는 수염이 장히 좋았다. 하루는 한 청년이 찾아와서,

"선생님, 그 긴 수염을 주무실 때는 이불 속에다 놓고 주무십니까?" 하고 물었다.

"그렇지!" 하고 무심히 대답하자 청년은,

"그러면 퍽 갑갑하시겠습니다."

"응! 이불 밖으로 내놓고 잘 거야."

"그러면 시려우실 겝니다."

"글쎄?" 하고 나서 그는 그날 밤에 곰곰이 생각해 봤다. '내가 수염을 이불 속에 넣고 잤던가 내놓고 잤던가.' 하는 것이다. 넣고 자려면 갑갑하고 내놓고 자려면 시렵고, 밤새도록 신고辛苦하다 한잠도 편히 못 잤다는 것이다. 그래서 나도 체경 앞에서 자꾸 생각할수

록 옥매졌는지 모른다.

장자는 "시비 선악이 생각하면 할수록 끝이 없으니, 성인은 이를 천예天倪에 화和하여 망의무경忘義無竟에 부친다."고 했다.

그러나 모든 생활이 반사적 습관으로만 움직여 온 타성적인 내 생활의 일면인 것 같아서 고달픔을 느낀다.

다연茶煙
속에서

칼라일과 에머슨이 처음 만나 인사한 뒤, 한 삼십 분 잠자코 앉았다가,

"오늘은 재미있게 놀았습니다." 하고 헤어졌다. 한없이 부러운 이야기다.

백아伯牙가 거문고를 타면 종자기鍾子期가 무릎을 어루만지며,

"아아峨峨한지고 태산泰山이구나!"

또 한 곡을 타면,

"양양洋洋한지고 대양大洋이구나." 하며 찬탄하던 종자기가 세상을 떠나자 그는 줄을 끊고 다시는 거문고를 타지 않았다. 눈물겨운 이야기다.

만났다 헤어지는 것을 "인생 최대의 상심사"라 했다. 그러나 저

마다 만나는 것이 아니거늘 천재일우로 만난 지기를 중도에 영원히 이별하는 그 심곡心曲은 예사로 추측할 길이 없다. 칼라일의 묵교默交, 백아의 절현絶絃, 그들의 그윽한 자취는 알 길이 없다. 그러나 봉鳳이 황凰을 구하는 것만이 짝을 구함이 아니다. 가을밤의 미충微蟲들도 짝을 구한다. 크고 작음은 다르나 애절함은 같다.

동성 간의 사랑은 그 같음을 위함이요, 이성 간의 사랑은 그 다름에 끌리는 것이다. 다름은 혹 있을지나 같음이란 실로 어렵다. 그러기에 백 년을 해로하는 부부는 많아도, 일생을 같이하는 친구는 드물다.

어느 날 저녁, 어느 술집 골목을 지날 때 웬 친구가 내 등을 탁 치며,

"야! 이 자식 참 반갑다. 한잔하자." 하기에 쳐다보니 생면부지의 사람이다. 사람을 잘못 본 것이다. 그도 미안한 듯, 사과하기에 바빴다. 나는 웃으며 그의 등을 어루만져 주었다. 그의 경솔을 책하고 싶지 않았다. 그렇게 반가운 친구를 헛짚고 혼자 가는 그 뒷모습이 한없이 고적해 보였다. 속으로 그가 꼭 그의 친구를 만나서 이 밤을 유쾌하게 보내 주기를 빌었다. 그리고 한갓 술꾼이나 무뢰한이 아니었기를.

생각하면 친구와 술 한잔 나누고 차 한잔 드는 것도 적지 아니한 분복分福이다. 어디 주정酒情과 다취茶趣를 함께할 친구가 그리 쉬

운가. 있다 해도 계제를 얻기가 또한 어렵다.

내 몇 사람 안 되는 친구 중에, 아깝게도 술을 못하는 이가 있다. 술 하는 친구를 만났을 때는 내 주머니가 비어 있었고, 돈을 쥐고 한잔하고 싶은 때는 친구가 오지 아니했다. 친구가 끌 때는 내가 시간이 없었고, 혹은 만나기로 했다가도 불의의 일로 허사가 되는 수도 있다. 심상한 한잔 술인들 어찌 분복이 아니랴.

술은 대폿집에서, 차는 다방에서. 나는 드디어 이렇게 달관해 버렸다. 대폿집에서는 친구 없이도 와글와글하는 속에 섞여서 너나없이 취할 수가 있다. 젊은 주모에게 실없는 농을 던져 공백을 웃음으로 메우는 수도 있다. 다방에서는 자욱한 담배 연기, 울려오는 음향, 젊은 마담과 어린 레지들의 색다른 모습들이 서로 구경거리가 되기도 한다.

그러나 나는 혼자 대폿집에 들어서는 일은 없다. 첫째, 긴 시간을 소화할 곳이 못 된다. 그래서 항상 길가 다방을 택한다. 차 맛은 묻지도 않는다. 오래 앉을 곳을 택한다. 차야 붕어 물 마시듯, 그리고 도룡뇽 안개 피우듯 담배를 피운다. 몽롱한 다연茶煙 속에서 아는 얼굴을 만나면 횡설수설 잡담으로 시간을 소화하기가 예사다. 때로는 고궁으로 걸음을 옮겨, 군왕이 전좌殿座하시던 옥좌 앞을 제법 거닐어 보기도 한다. 요새 내 살아가는 벌이 길이 마치 북청 물장수와 같아서, 아침저녁뿐이므로 이런 분복도 누리어 보는 것이다.

어제는 사람 그려 다방에 놀았노라
오늘은 외롭고저 덕수궁에 와 있구나
오가는 그윽한 심정 구름밭에 날려라

떠들다 일어서니 무엇이 남았던고
가로수 성긴 잎은 노을에 물들었다
뜬구름 바라보다가 그림자와 가노라

애연愛煙의
변

구차한 살림에 월 삼사천 원을 연기로 날려 버리니 한갓 낭비요, 백해무익인 줄은 나도 잠깐 알건만 이내 못 끊는 것은 내 마음 한구석에 공허한 약점이 있기 때문이다.

내가 담배와 사귄 것은 분명 봉급생활을 하게 된 뒤부터다. 봉급생활이라고 하면서 소위 결재 서류를 들고 상사의 방에 들어가면 아무것도 아닌 것을 무슨 권위나 보이려는 듯이 거드름을 빼는 꼴이 약간 젊은 눈에 아니꼽기도 했다. 이때부터 입에 담배를 비스듬히 내려물고 연기를 가볍게 뽑는 버릇이 생겼다.

길에서 불쾌한 꼴을 볼 때도 가로챌 용기가 없는 나는 한 대 피워 물고 연기를 길게 뽑는 것으로 제 마음을 달래야 했다.

어울리지 않는 연회석에서 흥미를 끄는 화제도, 구미에 당기는 아무것도 발견할 수 없이 못 먹는 술잔만 돌아올 때, 담배를 만일 피우지 않았다면 나는 대체 그 시간을 어떻게 메꾸었을 것인가?

코끼리 같은 거구를 움직이는 비대한 장한壯漢을 만나면 공연히 위압감을 느꼈다. 그와 용건을 승강이하자면 우선 담배를 피워 물고 그에게 불을 청했다. 그가 불을 붙여 주는 것을 한 모금 뽑고 나면 화제가 가벼워지기도 했다.

신경질적이었던 나는 왕왕 격정적인 언사가 목구멍을 뚫고 튀어나왔다. 그때, 나는 한 대 피워 물어야 말이 여유 있고 온화해질 수 있고 신사적인 예의를 유지할 수가 있었다. 담화 중 흥분하기를 잘하는 나는 갑자기 어세語勢가 폭포같이 급격해지며 치졸한 흥분에 빠지려 할 때도, 한 대 피워 물어 조절함으로써 침착을 유지할 수가 있었다.

오래간만에 정화情話를 나누던 친구를 도중에 작별하고 돌아올 때 친구의 그림자는 숲속에 사라지고 푸른 하늘은 끝없이 맑다. 이때, 나는 한 줄기 연기를 길게 뽑아 허공에 부쳐야 했다.

별러서 먼 곳의 친구를 찾아갔다. 주인은 없고 대문은 걸려 있다. 문전에 휘날리는 버들만이 풍정을 자랑한다. 이때, 나는 주인 없는 문전으로 방황하며 한 대 피워 물고 회색 연기 속에서 주인과의 정담을 독백해야 했다.

기적이 울리며 차는 떠나고 사람의 그림자는 하나하나 사라지자 석양은 고요히 광장에 달빛같이 있다. 이때, 나는 가만히 연기를 피우며 공상에 부풀어야 했다.

길을 가다 낯모르는 사람을 만난다. 그에게 담뱃불을 청해 보거나 또는 그에게 담배를 한 대 권해 보거나 함으로써 수월하게 서로 웃고 이야기하며 길동무가 될 수 있었다.

산마루에 올라 광야의 맑은 바람을 안고 청강淸江에 떠가는 포범布帆을 보면 그림같이 아름답고 유쾌했다. 그러나 사고무인四顧無人, 유적悠寂한 심회는 어딘지 애수를 자아낸다. 이때, 나는 한 대 피워 물지 아니할 수 없었다.

약속한 시간을 지키지 않는 친구가 있다. 사람을 기다린다는 것은 결코 수월한 일이 아니다. 초조하게 기다리는 마음, 화도 나고 못마땅도 하고 그러나 이삼십 분은 더 기다려 봐야 할 경우, 이 이삼십 분간은 분명히 담배가 필요한 시간이었다.

마음의 평정을 잃고 초조와 울분에 원화元和가 상할 때, 담배의 공은 또한 크다. 심야에 잠을 깨어 등불만 깜박이고, 그야말로 만뢰萬籟가 구적俱寂하고 냉풍이 소슬한 밤, 책상 앞에 도사리고 앉아 바야흐로 무념의 사색, 이윽고 무료한 심회가 구름같이 피어난다. 술병에는 먼지가 앉고, 화로에는 찬 재만 남았다. 이때 만일 한 대 피워 물 담배가 없었다면?

이교도인 내가 고인故人을 위하여 예배당 추도식에 참예한다. 찬

송가가 있고 기도가 있고 목사의 설교가 있고 평소에 듣지 못하던 위대한 업적의 소개가 있고, 주님이 부르신 은총을 감사하고, 후일에 다 같이 주님 앞에서 만날 것을 약속하고, 모든 의식은 식순에 따라 진행된다. 그러나 나는 한바탕 목을 놓고 울어야 시원할 것만 같다.

아무 신앙 모르는 나는 남을 따라 동작을 흉내 내어야 한다는 것이 일종의 고역이기도 하다. 식이 끝나기가 무섭게 뛰어나와 층대 위에 서서, 남산 위에 떠가는 구름을 멍하니 바라본다. 이때 나는 한 대 피워 물고 길게 연기를 뿜어 허공에 부쳐야 했다.

전장에서 죽어 가는 군인이 전우에게 마지막 소청이 '물 한 모금' 아니면 '담배 한 모금'이라고 한다. 이것이 인간의 본능일지? 물을 찾는 것은 생의 의욕이요, 담배를 찾는 것은 체념의 자위일까? 물을 찾는 생의 애착이 촉급한 고민이라면, 담배를 찾는 순간의 희망이 여유 있는 지명知命이라 할까? 생사가 갈리는 순간의 감정이나 행동이야 이도 저도 분간할 수 없겠지만, 나는 아마 이런 경우를 당하면 분명히 담배를 한 모금 청하는 편에 속할 것이다.

월말에 군색한 대로 봉급은 이리저리 찢어 쓰고, 부족한 대로 약간의 잔돈이 남았다. 이도 저도 못 되는 돈이다. 이 잔돈의 가장 적당한 용도는 깊이 연구할 여지도 없이 우선 담배다. 이리하여 오늘도 또 한 대 피워 물고 콧구멍으로 길게 회색 연기를 뿜어 보는 것이다.

석류장石榴杖

    내 석류장石榴杖.

    그는 처음부터 나를 유혹했다. 내가 충무로 고물상 앞을 천천히 걷고 있을 때, 먼지를 뒤집어쓰고 용춤 항아리에 꽂혀 있으면서 유리창으로 내게 손짓을 했다. 그래서 나는 가던 걸음을 멈추고 들여다보다가, 이내 상점 안으로 들어가서 그의 손을 덥석 잡고 말았다. 이것이 인연이 되어 그와는 지금까지 십오 년을 같이 살아왔다. 그는 잠시도 나와 떨어져 있은 적이 없다. 잘 때도 내 방 구석에 꼭 지켜 서 있다. 그는 필시 남쪽 지방의 출생일 것이다. 그는 그의 과거에 대해서는 입을 열은 적이 없다. 그도 한때는 붉게 타는 꽃을 피워 사람의 사랑을 받았을 것이요, 그 보석을 간직한 열매로 칭찬을 받았을 것이다. 혹은 그 보석 같은 붉은 알이 하얀 식혜 위에 동동 떠서, 귀한 댁 아가씨 사시 위에 올랐을지도 모른다. 그러나 그는 너무 강직하고 모양이 우툴두툴해서 괴기하기 때문에 호사자의 손에 꺾이어 단장이 돼 버리고 만 것이다. 그런데 누구 손에서 옮겨 어디서 유랑하다가 고물상에까지 팔려 왔는지 말이 없으니 알 길이 없다. 그와 그럭저럭 지내는 동안에 그는 완전히 내 의지를 지배하고 말았다. 나는 이제 그의 그림자가 돼 버리고 말았다.

그 후 나는 어느 때나 그와 더불어 산책을 한다. 그는 이제 하나밖에 없는 좋은 친구다. 가끔 나를 끌어낸다. 나의 거취는 어느덧 그에게 맡기어 버리고 말았다.

그는 가끔 나를 말꾼들이 잘 모이는 이웃집 사랑으로 인도한다. 그러나 문 앞까지 가서는 슬쩍 돌아서 오기도 한다. 나는 그의 변덕에 아무 이의도 없어야 한다. 그가 가다가 주춤 섰을 때는, 먼 산에 저녁노을이 붉게 물들어 있었다. 그가 가다가 걸음을 가만히 멈추고 무엇을 듣는가 하면, 발밑에서 맑은 물소리에, 이름 모를 꽃송이에 그는 항상 예민했다. 그가 공중에 원을 그리면, 나는 맑은 하늘에 새소리를 들어야 했다. 그가 발길을 가볍게 옮길 때 나는 경쾌했고, 그가 무겁게 땅을 밟을 때 나는 침울했다. 그가 내 뒤에 비스듬히 누워서 끌려올 때 나는 솜같이 피로했고 그가 내 무릎에 누워서 떠가는 구름을 읊조릴 때 나는 애상과 추억에 잠기어야 했다. 그가 한 허리를 중심으로 널뛰기를 흉내 낼 때 나는 출근 시간이 십 분밖에 안 남았다는 것을 직감적으로 느낀다. 오만한 신사를 만나면 그는 '너도 배를 내밀고 버티어야 된다.'고 내 뒤에 가서 허리를 버티어 준다.

그는 나를 영화관으로 끌고 간 적이 있었다. 그러나 그는 변덕스럽게도 대합실 의자에서 영화가 끝날 때까지 누웠다가 오기도 했다.

가장 그가 분개한 때는 내가 어느 연회에 초청을 받아 가서 부득이 그를 현관에서 개 패 같은 패가 달린 오래기로 얽어서 구두와 함께 문간에 맡기고 들어갔을 때의 일일 것이다. 나도 그의 분노한 감정을 느낀 관계인지, 노래와 춤과 질펀한 음식과 오고 가는 화제에 아무런 흥미를 느끼지 못하고, 술은 받아 놓은 첫잔을 잠깐 입술에 댄 채 그대로 연회를 마치고 말았다. 빨리 나와 그를 찾았다. 그는 신발들 틈에서 곤욕을 당했다 해방이나 된 듯이 와락 내 앞으로 내달았다.

그는 나를 천변으로 끌고 갔다. 시원한 바람이 그리웠던 모양이다. 희미한 밤하늘의 별빛이 약간 슬펐다. 그는 어느 협수룩한 술집으로 나를 끌었다. 궤짝 같은 걸상 위에 걸터앉아 나는 대폿잔을 들이켜야 했다. 그는 내가 몽롱하게 취한 뒤에야 서울의 밤거리를 휘저으며 걸어왔다.

그의 울퉁불퉁한 굵은 선은 꽤 험상스러워 보이지만 한 번도 사람을 때려 본 적은 없다. 역시 신사도를 아는 친구다. 그러나 그는 또 젊은 혈기를 보여 주는 때도 있었다. 아무도 없는 고요한 언덕에서 소릴 치며 눈앞에 잔디를 힘껏 내리치고는 껄껄 웃는 때도 있었다.

엽차와 인생과
수필

애주가는 술의 정을 아는 사람, 음주가는 술의 흥을 아는 사람, 기주가嗜酒家, 탐주가耽酒家는 술에 절고 빠진 사람들이다. 이주가唎酒家는 술맛을 잘 감별하고 도수까지 알지만 역시 술의 정이나 흥을 아는 사람은 아니다. 같은 술을 마시는데도 서로 경지가 이렇게 다르다는 것이다.

누구나 생활은 하고 있지만 생활 속에서 생활을 알고, 생활을 말할 수 있는 사람은 그리 많지가 않다. 누구나 책을 보고 글을 읽지만 글 속에서 글을 알고 글을 말할 수 있는 사람 또한 드물다. 민노자閔老子의 차를 마시고 대뜸 그 향미와 기품이 다른 것을 알아낸 것은 오직 장대張岱 *뿐이다. 그는 낭차閬茶가 아니고 개차岕茶인

* 장대張岱는 명말의 유명한 문장가. 그의 「민노자차閔老子茶」란 작품에 나오는 이야기이다.

것을 알았고, 봄에 따 말린 것과 가을에 따 말린 것을 감별했고, 끓인 물이 혜천惠泉의 물인 것까지 알아내어 주인을 놀라게 했다. 장대는 과연 맛을 아는 다객茶客이다. 다도락茶道樂이 그리 대단한 것은 아니지만, 마시는 바에는 이쯤 되어야 비로소 다향茶香의 진미와 아취를 말할 수 있지 아니한가.

하물며 인생 백 년을 생활 속에서 늙되 취생몽사, 생활을 모르고, 주야로 책상 머리에 앉았으되 도능독徒能讀, 글맛을 모른다면 또한 불행하고 쓸쓸한 인생이 아닌가. 시사時事를 고담高談하고 박학을 자랑하고 학술이나 신구대작新舊大作을 입버릇으로 인용하는 속학자류의 공소空疏한 장광설보다 장대의 혀끝으로 민노자의 참맛을 알듯 아는 것이 진실로 아는 것이다. 울 밑에 민들레, 밭둑의 찔레꽃, 바위틈의 왜철쭉, 지붕 위의 박꽃, 다 기막히게 정겨운 꽃들이다. 우리의 생활 속에 파고들고 인생에 배어든 꽃들이다. 왜 도연명의 황국黃菊이며 주염계周濂溪[염계는 북송의 유학자 주돈이의 호]의 홍련紅蓮이었을까. 날마다 일어나고 되풀이되는 신변잡사라고 그저 번쇄하고 무가치하다고만 할 것인가. 이런 것들을 다 떼어낸다면 인생 백 년에 남은 것이 무엇인가. 생활 속에서 생활을 찾지 아니하고 만리창공의 기적이나 천재일우의 사건에서 생활을 찾으려는 것도 공허한 것이 아닌가. 더욱이 분분한 시정市井의 시비, 소잡한 정계政界의 동태, 불어오는 사조思潮의 물거품, 그것만이 장구한 인생의 전부가 아니다.

"위대한 사람을 정신적으로 위대한 사람과 육체적으로 위대한 사람으로 나누면 육체적으로 위대한 사람은 거리가 멀어질수록 작아 보이고, 정신적으로 위대한 사람은 거리가 멀어질수록 커 보인다."

이것은 쇼펜하우어의 말이다.

"정신적으로 위대한 사람은 거리가 가까워 올수록 평범하고 작아져서 우리의 눈앞까지 오면 결함과 병통투성이의 우리와 똑같은 인간이다. 그러나 이것이 곧 위대한 까닭이다."

이것은 위의 말을 적의적適意的으로 인용한 노신魯迅의 말이다.

내가 사서삼경에서 『논어』를 애독하는 이유는 공자가 평범한 인간으로 접근해 오기 때문이다. 그의 문답과 생활 모습에서 풍기는 인간미, 그의 평범한 신변잡사에서만 인간 중니仲尼와 가까이 접근할 수 있기 때문이다. 평범한 생활이란 곧 위대한 생활이다. 치졸한 글이 가끔 인간미를 지니고 있거니와, 인간미를 풍기는 글이란 또한 위대한 글이다. 서가書家들이 완당阮堂의 글씨 중에서도 예서를 높게 평하는 것은 그 고졸한 것을 취하는 것이 아닐까.

저속한 인품의 바닥이 보이는 문필의 가식, 우러날 것 없는 재강[糟粕]을 쥐어짜 낸 미문美文의 교태, 옹졸한 분만憤懣, 같잖은 점잔, 하찮은 지식, 천박한 감상感傷, 엉뚱한 기상奇想, 이런 것들이 우리의 생활을 얼마나 공허하게 하며, 우리의 붓을 얼마나 누추하게 하는가.

'절실'이란 두 자를 알면 생활이요, '진솔'이란 두 자를 알면 글이다. 눈물이 그 속에 있고, 진리가 또한 그 속에 있다. 거짓 없는 눈물과 웃음, 이것이 참다운 인생이다. 인생의 에누리 없는 고백, 이것이 곧 글이다. 정열의 부르짖음도 아니요, 비통의 하소연도 아니요, 정精을 모아 기奇를 다툼도 아니요, 요要에 따라 재才를 자랑함도 아니다. 인생의 걸어온 자취, 그것이 수필이다. 고갯길을 걸어오던 나그네, 가다가 걸어온 길을 돌아보며 정수情愁에 잠겨도 본다. 무심히 발 앞에 흩어진 인생의 낙수落穗를 집어들고 방향芳香을 맡아도 본다.

"봄을 아껴 날마다 까무룩히 취했더니, 깨고 보매 옷자락엔 술자욱이 남았구나惜春連日醉昏昏, 醒後衣裳見酒痕."삼춘행락三春行樂도 간데없고, 옷자락에 떨어진 두어 방울의 주흔酒痕! 이것이 인생의 반점이요, 행로의 기록이다. 이 기록이, 이 반점이 곧 수필이다. 이것이 인생의 음미다.

등잔불 없는 화롯가에서 젊은 친구와 마른 인절미를 구워 먹으며 담화의 꽃을 피우다 손가락을 데던 일을 회상하는 문호 박연암朴燕巖은 지나간 우정에 새삼 흐뭇했다. 달밤에 잠을 잃고 뒷산으로 올라갔던 시인 소동파는 때마침 마루 끝에서 반겨 주는 상인上人

(사승寺僧)을 보고 이 세상에 한가한 손이 둘이 있다고 기뻐했다. 아무것도 아닌 일이지마는 이것이 다 인간 생활의 그윽한 모습들이 아니냐.

첫 번째 방향芳香, 두 번째 감향甘香, 세 번째 고향苦香, 네 번째 담향淡香, 다섯 번째 여향餘香이 있어야 차의 일품逸品이라 한다. 그런 차를 심고 가꾸고 거두고 말리고 끓이는 데는, 각각 남모르는 고심과 비상한 정력이 필요하다. 민옹閔翁의 차가 곧 그것이다. 이 맛을 아는 사람이 곧 장대다. 엽차는 육미봉탕六味鳳湯이나 고량진미膏粱珍味는 아니다. 누구나 평범하게 마시는 차다. 그러나 각각 향香과 품品이 있다. 평범한 생활 속에서 향기를 거두고 품을 쌓기란 쉬운 일이 아니다. 수필이란 거기서 우러난 차향이다. 평범한 생활 속에서 진실을 깨치고, 그것을 아끼고, 또 음미하고 기뻐하고, 눈물과 사랑을 지닌 사람들이 서로 즐길 수 있는 글이다. 그러나 민옹과 장대는 아울러 드물다.

생활과
행복

아침부터 저녁까지 밥해 먹고 집안 치우고 빨래하고 살아가기가 바빠서 아무런 오락이나 향락의 여유도 없이 판에 박은 듯한 생활을 되풀이하는 가난한 한국인의 생활을 보고, 어느 미국 사람이 "대체 저 사람들은 무슨 재미에 왜 사는지 알 수가 없다."고 했다.

텔레비전이 있고, 냉장고가 있고, 자동차가 있는 문화 주택에 사는 미국 사람이 생활고에 자살했다는 말을 듣고 어느 한국 사람이 "그것은 너무 복이 과해서 죽은 것이 아닌가, 그런 부자 나라에서 자살이란 이해할 수가 없다."고 했다.

얼른 생각하면 서로 당연한 생각들이다. 그러나 사정을 알고 보면 저마다 행복한 생활을 희구하고 있건만 행복하지를 못했다.

예전에 어느 호강하는 대신大臣이 달밤에 시골 산모롱이를 지나다가 오막살이 초가집에서 늙은 부부가 젊은 며느리 내외와 어린 손주를 놓고 재롱을 보며 웃고 도란도란 이야기하는 단란한 모습을 보고 그 행복이 부러워 벼슬을 버리고 낙향한 사람이 있었다. 그러고 보면 이 오막살이 생활의 행복이 대신의 부귀보다 더하지 아니한가.

속세를 버리고 깊은 산중에 들어간 한가한 도승道僧에게 당신이야말로 인간고人間苦를 모르는 신선이 아니냐고 편지를 했더니 기호선인騎虎仙人의 이야기를 적어 왔더라는 이야기가 있다. 즉 길에서 범을 만나 엉겁결에 범의 등에 올라탔더니 범도 놀라서 사람을 업은 채 시가市街로 달려왔다. 시중 사람들이 이 범을 타고 온 사람을 구경하며 저마다 절을 하고 빌며 '신선님'이라고 했다. 그 사람은 기가 막혀서 "신선은 신선일지 모르나 죽을 지경이다. 속 모르는 소리 말라."고 비명을 올렸다는 것이다.

그러면 도승의 생활도 행복은 아니었던 모양이다. 가난한 사람은 가난하니 행복이 될 수 없고 호강하는 사람은 호강 속에서도 더 큰 불행이 있다. 행복이란 결국 없는 것인가. 그러나 일상생활에서 가끔 행복스러운 모습을 보고 기뻐하고 부러워하기도 한다. 행복의 정체란 과연 어떤 것일까.

나는 생활에서 행복을 느낀다는 것은 예술에서 미를 발견하는 것과 같다고 생각한다. 석굴암의 돌부처는 황금이나 보옥이 아닌 화강석으로 된 것이건만, 황금 보옥으로 바꿀 수 없는 미를 가지고 있다. 모래와 흙으로 빚어진 고려의 청자나 이조의 백자는 또 얼마나 고귀한가. 이조 목가구의 일품逸品들은 침향목이나 화류樺榴가 아닌 배나무나 물푸레가 고작이다. 신라의 금관은 순금으로 된 찬란한 공예품이다. 그러나 그 아름다움은 금에 있지 않고 예술적 미에 있다.

미는 균형과 조화에서 이루어진다. 이 균형과 조화가 깨지면 미는 비참하게 깨어진다. 생활도 균형과 조화가 이루어졌을 때 비로소 따뜻한 안정감과 오붓한 행복감을 느낀다. 균형을 잃은 생활은 부조리하고 살벌하다. 현대인의 불행은 이 생활의 부조리와 불균형에 있는 것이다.

석굴암의 부처, 고려의 청자, 이조의 백자, 여기에는 한국인의 순정과 한국인의 개성과 한국인의 멋이 유감없이 그 균형과 조화 속에 이루어져 있다. 생활에 있어서도 이 순정과 개성과 멋이 균형과 조화 속에서 빛날 때 신라의 금관같이 찬란하고 아름다운 행복이 깃들일 것이다. 신라의 석공이 화강암을 다루듯 생활을 매만져 나가면 그 생활은 아름답고 행복스러울 수 있지마는, 취한 운전수가 기분에 맡겨 자동차를 몰듯 나가는 생활이란 또 얼마나 위험한가. 경제가 균형을 잃고, 문화가 조화를 잃고, 눈과 귀만이 공중에 떠

있는 현실은 실로 제정신 못 차리고 취한 운전수가 몰고 가는 자동차같이 위험한 것이다. 이 운전수의 장담과 기분이란 또 얼마나 위험한가. 여기서 불안감과 공포와 불행 의식이 감도는 것이다. 파멸 직전의 향락, 앞을 못 내다보는 찰나의 행복의 추구. 현대 생활의 불행은 실로 여기에 있는 것이다.

고난이 곧 불행이 아니다. 고난을 극복할 의지를 잃은 것이 불행이다. 행복은 행복을 추구하는 마음의 생활에서 온다. 균형과 조화는 고난 속에서도 마음의 여유를 가져오고, 행복은 이 마음의 여유에서 이루어진다.

동소문
턱

아득한 중학생 시절이다.

박석고개 자갈을 밟으며 한참 올라가노라면 고성古城 허물어진 옆에 고색이 창연한 동소문 성루城樓가 보이고 성문에는 파란 하늘이 가득 차 있었다. 그러나 그 앞까지 올라가려면 또 한참이다. 문턱에 거진 가면 길옆에 구멍가게 두서넛이 나란히 있고, 먼지 앉은 목판에는 눈깔사탕, 왜떡, 엿, 양초, 성냥, 왜콩이 무더기 무더기 놓여 있다. 추녀 끝에는 짚신이 매달려 바람에 흔들리고 있었다. 한 귀퉁이에는 갓모도 걸려 있었다. 여기까지 와서 길가에 앉아 땀을 들인다. 대문 안에서는 동네 청년들이 돈치기를 하느라고 왁자하다. 그 속을 뚫고 지나가기가 서먹서먹해서 성 뒤를 끼고 돌아 산길을 택한다. 언덕 위에 주저앉아서 땀을 들이노라면 성 너머서 이상스러운 새소리가 들리고 발밑에는 노란 산개나리꽃이 눈에 띈다. 촌집 울 너머로 절구질하는 색시가 보인다. 연두 팔배태를 받은 다홍 저고리를 소매 끝만 걷고 검은 머리를 다소곳 올렸다 내렸다 하는 촌색시의 신기하게도 고운 자태.

어느 일요일, 이 길을 또 혼자 걸었다. 묘고개 넘어 대고모 댁을 찾아서. 박석고개의 외진 길에는 좀체로 행인이 없다. 마침 흰 저고리에 짧은 검정 치마를 입고 흰 운동화를 신은 여학생 하나가 가고 있었다. 이 복색은 당시 여학생들만이 입은 차림새다. 시외에서 여학생을 본다는 것은 좀체로 드문 일이다. 가다가 장난패나 악소년을 만나면 소위 '히야까시'라고 해서 창피를 당하는 수가 많다. 좀체로 혼자는 나서기 어렵다. 여기서 남학생의 동행을 만난다는 것은 적이 든든했을 것이다. 나도 여학생과 둘이 걸어 본다는 것은 은근히 기쁘고 어린 호기심을 자아내는 일이다. 그러나 서로 아는 체를 하고 인사를 하거나 말을 건네지는 못했다. 동소문 턱에 거진 다 와서 나는 구두 바닥의 못이 솟아서 벗어 가지고 고쳐 신는 동안 그는 상당한 거리를 앞서갔다. 가게 앞에 모여 있던 청년들이 여학생이 혼자 지나가는 것을 보자, 야료를 하며 길을 막아서기 시작했다.

그는 얼굴이 사뭇 홍당무가 되어 당황했다. 그러자 뒤미쳐 오는 나를 보고 마치 구원이나 청하듯 돌아다본다. 나는 앞장을 서서 뚫고 나가며 눈을 험하게 뜨고 그들을 살펴보았다. 그들은 슬금슬금

물러섰다. 대개 학생 패를 만만히 보지는 못하기 때문이다. 우리가 겨우 지나간 뒤에 다시 그들은 야료를 하며 "야, 좋구나! 남학생 여학생 연애하는구나." 하며 박수를 퍼부었다. 그는 더욱 낯이 붉어지며 내 곁에 바짝 붙어서 걸었다. 이것이 계기가 되어서 두 사람은 어느 사이엔가 도란도란 이야기를 하며 되네미고개를 넘고 있었다.

그는 홀어머니 밑에서 사는 무남독녀로 극히 가난한 처지에 있었다. 그 어머니가 바느질품을 팔아 가며 학비를 댔고, 그도 남자와 같이 공부를 해서 신여성이 되겠다고 결심했다. 그는 지금 미아리로 그 아버지의 무덤을 찾아서 성묘를 가는 길이었다. 나는 갑자기 그와 정이 든 것같이 동정했고 그의 장래를 지도나 하려는 듯이 격려의 말을 주었다. 나는 있는 지식을 다 털어 사뭇 웅변조였었고 그도 말마다 감동적이었다. 두 사람은 사뭇 이 나라의 선각자로서 장래를 약속하는 동지였었다. 두 사람은 미아리 공동묘지 잔디밭 위에서 기울어져 가는 석양을 맞이했다. 이 두 어린 학생은 어느덧 몽롱하게 센티한 감정에 사로잡혀 저녁노을 속에 물들어 가고 있었다.

그가 돌아올 때는 동소문 턱의 가게들은 빈지가 들여 있었다. 짙은 황혼이다. 동물원 앞을 지나 전등이 훤하고 사람들이 오락가락하는 전차 종점에 오자, 그들은 꿈에서나 깬 듯 서로 거북하고 당황함을 느꼈다. 그는 갑자기 무엇이 미진한 듯 머뭇머뭇하다 당황히 인사를 하고는 전차 속으로 휩쓸려 들어가 버렸다. 나도 무엇인가 중요한 말을 놓친 것만 같았다.

왈카닥하는 바람에 나는 지나간 환상에서 깜짝 놀라 몸을 바로 잡았다. 고장 났던 자동차가 이제 움직이기 시작한 것이다. 차는 양편에 고층 건물이 즐비한 혜화동고개(여기가 예전 동소문 턱이다)를 뚫고 쏜살같이 돈암동 시장을 향해 달리기 시작한다. 동도극장의 네온사인이 찬란하게 비친다. 세상은 꿈이요, 상전벽해다. 혜화동은 이미 동소문 턱이 아니다. 그 여학생도 만일 살아 있다면 나 모양으로 늙었을 것이다. 어린 손주를 안고 앉아 혹 여학생 시절의 동소문 턱을 회상할지도 모른다. 오늘의 세태와는 그렇게도 다르고 수줍기만 했던 그의 과거와 가슴만이 부풀었던 그의 소녀 시절을.

지금 내 앞에는 어린 남녀 학생들이 나란히 앉아 있다. 저들이 후일에 늙어서 이 길을 지날 때는 이 고장의 모습이 또 얼마나 변해야 할 것인가.

송석정松石亭의
바람 소리

바람 소리가 맑다 한들 솔바람 소리같이 맑은 바람이 또 있을까. 죽림竹林이란 말을 많이 들었고, 풍죽風竹이니 풍간風幹이니 하는 말이 다 죽풍竹風을 그리는 말인 듯하여 항상 동경도 해 봤지만 나는 불행히 대밭 근처에서 살 기회는 없었고, 한번 충남 어느 시골을 지나다 비로소 대밭 구경을 했는데, 석양에 참새 소리같이 쐐 하는 바람 소리가 시원하기보다는 너무 소연騷然했고 청쾌淸快하기보다는 너무 소슬蕭瑟한 것을 느꼈다.

역시 바람은 솔바람이다. 첫째 솔은 그 줄기가 곧고 가지가 길다. 그리고 가지가 쩍쩍 벌어졌다. 그런 까닭에 바람 소리가 높고 층층으로 받아, 막힌 데가 없이 어울려서 퍼져 나간다. 그 잎이 바늘같이 가늘되 또 강직하다. 그러므로 활엽수같이 바람이 채는 데

154

가 없고 갈대같이 바람이 부석거리지 아니한다. 강한 바람이 일 때는 늙은 줄기를 치고는 늘어진 가지를 흔들어 소리가 자못 웅장하다. 항우項羽 약마躍馬에 고산방석高山放石이라는 삼중대엽三中大葉의 곡에 비함 직하다. 그러나 한 줄기 멀리서 불어오는 바람이 늘어진 가지 밑을 거쳐서 하늘 높이 올라가며 잔가지를 스치면, 제법 처창凄愴하여 충혼忠魂이 침강沈江에 여한餘恨이 만초滿楚라는 계면조界面調로 변한다. 청풍淸風이 서래徐來할 때 잎과 잎 사이로 맑게 흘러, 온 산에 퍼지는 그 소리는 또한 정대화평正大和平하고 청장소창淸壯疎暢하여 이른바 우조羽調의 정악正樂이다. 바람이 새지 않고 막히지 않아 청아淸雅하고 쇄락灑落하기에는 솔바람에서 더한 것이 없을 것이다. 그러나 겨울밤에 만뢰萬籟가 구적俱寂할 때 갑자기 대풍이 일어 천군만마가 몰려오는 듯 함성이 대작大作하면 적이 송연함을 금할 수가 없다.

우리 집 동편에 솔밭이 있어 내 어렸을 때 깊이 사귀어 온 소리들이다. 이 솔밭 가운데 높이 삼사 척 되고 위가 평평하여 한 삼사십 명 앉을 수 있는 바위가 있으니 이것이 송석정松石亭이다. 송석정은 우리 서당 도령들의 독서단讀書壇이요, 유희장이요, 집회소다. 송석정이란 누가 지은 이름인지 모르나, 그때 우리들은 누구나 다 여기를 송석정이라고 불렀다. 이 송석정의 가장 좋은 점은 밖에서 잘 보이지 않는 까닭에 숨어서 장난치기가 좋았고, 얼마 안 가서

밭이 있는 까닭에 외 서리, 참외 서리, 무 서리, 청대콩 서리 해다 먹기가 좋았고, 밤중에 솔밭길로 내려가서 마을 집의 닭 서리 해다 먹는 데 편리한 지리적 조건이 있었다. 요새 세상 같으면 다 도둑으로 몰릴 짓들이지만, 그때만 해도 글방 도령님들의 장난으로 귀엽게 보아 주던 때요, 웃으며 자랑삼아 이야기하던 때다. 그때 오물조물 몰려 다니던 도련님들은 다 지금 어떻게 되어 있는지 알 길이 없다. 가다가 지난 모습들이 물 위에 낙화落花 송이처럼 떠오르기도 하지만, 길이 내 가슴에 사라지지 않는 것은 무엇보다도 그 바람 소리다.

그도 벌써 여러 십 년 전 일이지만, 고향에 남아 사는 어느 친구에게 편지하던 끝에 송석정의 바람 소리도 안녕하시냐고 안부를 물었더니 무슨 뜻인지 영문을 몰랐던지 회답에 일언반구 대꾸가 없었다. 연전에 새로 중학교에 들어온 신입생이 하나 찾아왔는데, 그 고장에 산다기에 반가워서 이것저것 물어봤으나 모두가 처음 듣는 소리라 모르겠다는 것이었다. 뒤에 알고 보니 그곳은 지금 자동차가 다니고 올망졸망한 양철 지붕 시멘트 벽 집이 들어서고 있다 한다. 산천이 이렇거니 송석정의 주인공들이야 그곳에 간들 물을 길이 있으랴.

바람은 자체에 소리가 없다. 그 부딪치는 데 따라 소리가 곱기도 하고 거칠기도 하고, 맑기도 흐리기도 하다. 문짝이나 양철 쪽이 바람에 부딪혀 시끄럽고 난폭한 소리를 내고 물결이 바람에 부딪혀 쇄락한 것도 바람의 탓은 아니다. 그 밖에 소요하고 뒤숭숭스러운 소리들을 일일이 다 형용해 무엇 하랴. 그러고 보면 솔바람이 맑고 쇄락한 것은 실로 솔의 품성이다. 송석정의 바람은 진실로 청아하고 쇄락한 바람이며, 때로는 장쾌하고 호탕하고 웅건하며, 또 처창하고 애절한 바람이기도 했다.

와루간산기臥樓看山記

       쓰던 방을 전세를 주고, 다락에 누워서 창을 열고 지붕 위의 푸른 하늘을 본다. 우리 집과 이웃집 추녀 끝이 맞닿으려는 즈음에 산이 우뚝 솟아 있다. 취록翠綠이 청신한 푸른 산이요, 기초奇峭한 암석이 깎은 듯이 솟은 기이한 봉우리다. 창공을 찌를 듯한 기암이 주봉이 되고 참치參差한 석만石巒이 좌우로 불꽃같이 솟았다. 수림이 병풍같이 둘러 맑고 푸른 기운이 한 폭의 풍경화를 이루고 있다. 높은 산의 일각이 운치 있게 절단되어 눈으로 들어오는 까닭에 더욱 기묘하고, 나무 한 그루, 풀 한 포기 못 보던 시옥市屋에서 의외로 나타난 까닭에 더욱 청신하다.

  나는 호기심에 그 산을 답사하려고 집을 나서 종일 헤매었으나 허사였다. 그 소재를 못 찾고 돌아와 다시 다락에 누우니 청수한 묏

부리는 외연巍然히 서 있다. 방을 세 주고 다락을 쓰지 않았다면 십여 년을 살아도 모르던 저 봉을 보았을 리 없으니 자못 기연奇緣이 아닌가.

다락에서 아내를 불렀다. 저 산을 보라고. 그러나 지붕밖에 없다는 거다. 생각하니 창문이 원체 얕아서 퇴침을 베고 누워야만 보인다. 아내를 끌어 내 옆에 누워 보라고 했다. 그는 낯을 붉히고 웃으며 뺑소니를 쳤다. 아! 실없는 기롱으로 오해한 것이다. 나도 혼자서 무연히 웃었다.

다락은 예전엔 누마루다. 화조월석花朝月夕에 금슬을 뜯던 내옥의 별당이다. 집이 좁아들고 온돌이 얕아지고 주방이 차지하자 오늘은 부엌 천정의 벽장 구실을 하게 된 것이다. 저 창문이 석 자만 높아도 취봉翠峰을 완상玩賞하며 술잔을 기울일 것이요, 한 자만 높아도 아내에게 저 기관奇觀을 보여 주었을 것이다. 그 절묘하고 요조窈窕한 자태를 아무에게도 안 보이고 오직 나만 대해 주는 것이 또한 기연이 아닌가.

향연

내 집에 오는 사람은 반가운 사람뿐이다. 그것은 용건이나 사교상 필요로 올 사람은 없기 때문이다. 오래간만에 보고 싶어 오는 사람이 아니면 한담을 나누러 오는 사람들이다. 얼마나 담담하고 다정한 심방尋訪이냐? 그들을 위해 접대에 마음을 쓸 필요도 없다. 담배 한 대, 차 한 잔 안 내도 섭섭하거나 미안하지도 않고 인색하다거나 무례하다고도 아니 한다. 그러나 마침 밥상을 같이하게 될 때, 두부모에 꾸미가 들어가게 되고 부추를 볶아 푸른 빛이 상에 오르면 적이 다행인데, 아내가 은근히 유념한 바 있어 술병이 들어오고 전유어가 따르면, 이것은 불시의 향연이다. 내조의 자랑이 소동파에 못지아니하다. 요정의 진수성찬이 어찌 감히 이 정작情酌을 겨누랴.

노상의 향연이란 말을 아는지. 길에서 또는 남 앞에서 껌을 얄깃 얄깃 씹고 있는 여인을 나는 아름답게 보지 않는다. 그러나 추운 날 거리를 걸으며 군밤을 우물우물 먹는 것을 과히 싫어하지는 않는다. 길가에서 먼지가 앉고 파리가 붙은 음식을 먹고들 있는 빈민층을 볼 때마다 딱하고 가엾게도 생각한다. 그러나 밤늦게 돌아오다가 길가 구루마 주점에서 온주溫酒 두어 컵에 군참새 한 마리를 뜯는 것은 싫지 않다. 귀부인들이 하필이면 술집인지 요릿집인지 분간하기 어려운 곳에서 향연을 하고 계신 것은 그리 고상해 보이지 않는다. 그러나 늙은 자세藉勢하고 아내와 동반해서 뒷골목 쌍거리 식당에서 배를 채우고 나서는 것은 제법 탈속한 식도락의 기분이다.

밤늦게 독서삼매에서 깨어나면 출출하게 마련이다. 이때 요 밑 주발 뚜껑 속에 누릇누릇하고 구수한 누룽지의 진미를 무시해서는 안 된다. 예전에 절에서 심동설야深冬雪夜에 승려들과 법당에서 즐기던 누룽지 튀각 맛을 생각한다.

근래는 좀체로 엽차도 사기 어렵더니 어느 친구가 대만 갔다 오는 길에 차 한 통을 주어서, 다시 다향을 누린다. 화붕話朋은 가고 적연히 앉았더니, 마침 벽상에 걸린 시구가 우연히도 "손은 가고 차 향기만 혀뿌리에 남았네客去茶香留舌本."다.

긴 밤이다. 책상머리의 형제, 반짇고리 옆의 모녀, 그리고 나, 우연히 서로 마주 본다. 이것은 묘하게도 복중腹中에서 공감을 일으 킨 암호다. 이때다, 김치에 찬밥을 비벼 먹는 진미는. 별미란 맛보다 때다. 때를 놓치면 그 맛은 안 난다. 광주廣州의 속댓국, 진주晉州의 제삿밥, 난중의 은어恩魚, 무처정蕪萋亭의 두죽豆粥, 호타하嘑咤河의 맥반麥飯이 유명한 까닭이다. 어느 부자가 감히 내 향연의 진미를 엿보랴.

처빈난處貧難

가난한 것이 비극이 아니라 가난한 것을 이기지
못하는 것이 비극이다. 예전 사람들은 청빈淸貧이라 하여 그 깨끗
함을 자랑했다. 그러나 나같이 속된 눈에는 가증스럽다. 빈하면 빈
이지, 무슨 청淸이 있으랴.

안빈安貧이니 낙빈樂貧이니 하는 말도, 나 같은 범부에게는 무
능을 자위하고 엄폐하는 말로밖에는 안 들린다. 이미 빈한지라 안
빈하는 수밖에 없고 빈이 낙일 수는 없다. 안자顔子는 일단사一簞食
일표음一瓢飮으로 누항에서 팔을 구부리고 누워서 낙이 그 가운데
있다고 했다. 한적한 마을에 하는 일 없이 팔을 베고 누워서, 한 그
릇 밥이 입에 들어가면 적빈赤貧이 아니다. 그 한적하고 자유로운
속에서 자기의 도를 즐길 수 있어 낙재기중樂在其中이라 했으니 이

얼마나 늘어진 팔자냐.

발을 뻗을 방 한 간 없이 코에서 단내가 나게 헤매도 입에 풀칠을 못 하는 사람이 있다. 늙은 부모는 떨고 어린 자식은 울고, 병든 아내는 신음하고, 천대·조소·멸시 속에서 시달리고, 쪼들리고 굶주리고 있는 사람이 있다. 그더러 안빈낙도를 하라는 것도 맹랑한 주문이다.

'의식족이지예절衣食足而知禮節'이요, 사흘 굶어 도둑질 안 할 수 없는 것이 진정일지 모른다. 그러나 애당초에 빈할 바에야 청淸하기라도 하고 못 얻어먹을 바에야 끌끌하기라도 해야 욕을 더하지 않고 자존심을 구제할 수 있다. 때로는 차라리 죽을지언정 굴하지 않는 의리도 알아야 하고, 냉수 한 모금에도 상미爽味를 느낄 줄도 알아야 한다.

광해조 때 이위경李偉卿이란 선비, 지각이 있어 어지러운 조정에서 벗어나 먼 고장에 숨어 살더니, 아내가 손 대접을 하기 위하여 밥을 끓이려 토막을 패다가 도끼에 손을 찍힌 것을 보고, 그 이상 아내를 고생시킬 수 없어 다시 환로에 나섰다. 그 손이란 출사하기를 권유하러 온 서울 손이었다. 이위경은 이것이 동기가 되어 본의 아닌 폐모소廢母疏의 주역이 되어 몸을 망쳤다. 후인이 이것으로써 고난을 좀 더 참지 못하고 변절하는 사람의 경계를 삼고, 또 가난이란 얼마나 이기기 어려운가의 예증으로 삼는다. 그러나 이 말처럼 그릇된 말은 없다. 그가 한마디의 간쟁諫爭도 없이 먼 고장으로 간 것도 영리한 보신책이요, 다시 진출한 것도 시세가 고정되어 가는 기색을 살핀 것이다. 그가 환로로 진출한 심기는 아내가 손을 찍힌 뒤에 있지 않고 손을 맞아들일 때 있었다. 손이 오기를 은근히 기다렸는지도 모른다. 그에게 한 홉 쌀조차 없었던들 나무를 땔 일도 없었을 것이요, 그가 환로에서 관심을 끊었다면 그 흔한 나무쯤은 제 손으로 채취하도록 생활을 고쳤어야 했을 것이다. 이것을 가난의 죄로 돌린다는 것은 값싼 매빈賣貧이다. 그러므로 가난이 비극이 아니라 처빈處貧을 못 하는 것이 비극이다.

세상에는 실로 딱하고 절박한 형편에 놓여 있는 사람들이 있다. 그들이 저지르는 여하한 범죄에 대해서도 나는 질책할 아무 용기도 없다. 그러나 다행히 염반鹽飯일망정 밥을 먹고 값싼 천일망정 몸을 가리고 구차한 사글셋방일망정 풍찬노숙을 면하고 있다면 이 이상 바랄 것은 없다.

해로하는 부부가 있어 건강한 몸으로 환갑을 맞이했다. 이에서 기쁜 일이 없다. 매일 먹던 음식도 이날따라 별미요, 풀 한 포기, 꽃 한 송이도 이날따라 신광新光에 빛날 것이다. 두 늙은이, 겸상을 받고 서로 행복을 다짐하는 기쁨이 크다. 무엇 때문에, 누구를 위하여 큰 잔치를 베풀고 잔칫상 못 차리는 것을 크게 여겨 기쁜 날을 괴로운 날로 바꾸려는가.

사랑하는 청춘 남녀가 백년가약이 성취되어 화촉을 밝히니 이에서 더 큰 행복이 어디 있으랴. 냉수 한 그릇의 맑은 정성이 얼마나 성스러우며, 평소에 입던 옷을 다시 빨아 다렸을망정 이날따라 얼마나 호사로우냐. 무엇 때문에, 누구를 위하여 호화로운 식장과 성대한 주연과 화려한 성장을 부러워하여 일생의 기쁜 날을 놓고 고민으로 바꾸려는가.

쪽박이 있으면 물을 뜨고, 솥이 있으면 밥을 짓고, 이불이 있으니 따뜻한 밤을 지낼 수 있다. 누구를 위하여 쓸모보다 눈치레가 앞서는 혼구婚具를 장만하기에 신혼 초부터 채무를 안고 고난의 길을 살려는가. 이 곧 처빈處貧을 못하여 행복을 불행으로, 낙樂을 고苦로 말살하는 것이 아닌가.

가족의 굶주리는 것을 참을 수 없어 마음에 없는 짓이나 비루한 웃음이라도 웃어 가며 살아야 할 것이니, 개성이나 자존심만을 싸가지고 지낼 수도 없다. 여기에는 최소한의 타협은 필요하리라. 그러나 죽을 밥으로 바꾸기 위하여, 누추한 셋방을 깨끗한 저택으로 올리기 위하여, 대단스럽지도 못한 남들과 어깨를 맞추기 위하여 자기의 신조와 고집을 꺾고, 한가로운 자유의 행복을 포기하고 싶지는 않다.

명분

난蘭을 '난'이라 해서 향기로운 것이 아니요, 분糞을 '분'이라 해서 구린 것은 아니다. 그러나 '난' 하면 그 향기를 느끼고, '분' 하면 그 말만 들어도 구린 것은 무엇인가? 옛날에 진나라는 '사슴'을 '말'이라 하고 나서 천하를 잃었다. 명분의 존엄성이란 실로 여기에 있는 것이다. 만일 어느 사람이 나를 보고 "저는 선생을 몹시 존경합니다. 인격이 높고 지덕을 겸비하신 분으로 알고 숭배하고 있습니다. 이런 훌륭하신 인격을 표현하는 개념으로 '개'라는 말을 사용하는 것입니다. 그런 의미에서 지금부터 선생님을 개라고 부르겠습니다." 하더라도 나는 결코 그 개라는 말을 받아들일 수는 없다. 이름이란 그렇게 소홀한 것이 아니기 때문이다.

근래에 실리주의를 추구하는 사람들이 흔히 명분을 경시하고 이것을 한갓 헛된 껍데기요, 지난날의 관념에 그치는 것으로만 생각하는 경향이 있다. 그들은 눈앞에 보이는 손톱 밑만 알고 보이지 않는 염통에 쉬가 슬고 오장이 썩는 것은 생각하지 않는 사람들이다. 자갈밭에 돌피를 뿌리고 그 알뜰한 실리를 노리지 말고, 정지를 먼저 한 뒤에 옥토를 갈아 추수를 거두어야 할 것이다. 명분이 한번 흐리면, 그 해독은 천추에 미칠지언정 믿었던 실리는 결코 따르지 않는 법이다. 인정은 봄빛같이 따사로워야 하지만, 명분이란 추상같이 엄해야 한다. 이것이 곧 민족에 있어서는 민족정기요, 개인에 있어서는 그 사람의 정의감이요, 지조요, 인격인 것이다.

명분이 두려운 줄을 모르면 인간은 드디어 못 할 짓이 없다. 따라서 의義도 없고 신信도 없고 염치廉恥도 없어진다. 그러면 세상은 드디어 귀축鬼蓄, 매리魅魍, 망량魍魎의 난무장이 될 수밖에 없다. 명분에 살고 명분에 죽는 것은 결코 어리석은 일이 아니다. 인간이 동물보다 존귀한 점은, 그 생물적인 본능 외에 항상 심오한 의의성意義性과 가치성을 추구하여 좀 더 고차적인 생활을 하려는 정신에 있고, 이것을 지켜 나갈 수 있는 이성에 있는 것이다. 그리고 이 신념이 강하면 강할수록 당위성으로서 하나의 명분을 깨닫게 되는 것이다. 이것이 곧 의義요, 의를 지키는 것이 신信이요, 여기서 벗어나는 것을 두려워하고 부끄러워하는 것이 염치인 것이다. 그러나 능히 이것을 밝힌다는 것은 쉬운 일이 아니며, 또 이것을 지킨다는 것은 더욱 어려운 일이다. 능히 이것을 가릴 줄 아는 양식의 소유자를 비로소 지성인이라 하고, 그 지성을 지켜 나가는 것을 지성인의 지조라 하는 것이다.

책임감에 살고 책임감에 죽는 것은 위정자의 명분이요, 의리에 살고 의리에 죽는 것은 지도자의 명분이요, 지조에 살고 지조에 죽는 것은 선비의 명분이다. 명분을 한번 잃으면 그는 용납될 수 없는 것이다. 명분을 위조하고 명분을 사기하고 명분을 도용하는 것은 살인강도보다 훨씬 더 큰 죄인 것이다. 권력은 누구나 갖고 싶다. 그러나 책임이 무섭다. 명예는 누구나 갖고 싶다. 그러나 의를 지키기가 어렵다. 권력을 쥐고 책임을 완수하지 못할 때 그는 만인의 심판을 받아야 하며, 역사의 죄를 받아야 되는 것이다. 권력을 피하고 이름을 감추려는 것은 실로 이것이 두려운 까닭이다.

선비에게는 권력이 없고, 명예가 없다. 그러므로 책임과 의리의 두려움도 없다. 그는 세상의 불행을 위하여 목숨을 대신 바쳐야 할 책임이 없고, 의리를 위하여 목숨을 끊어야 할 의무가 없다. 만인의 심판을 받아야 할 의무가 없고 역사의 죄를 받아야 할 두려움이 없다. 그러나 그는 지식인이다. 스스로 양식을 저버릴 수 없는 책임과 의무가 있다. 이것이 곧 선비의 명분인 것이다.

책임이니 의리니 지조니 하지만 그 실은 같은 것이다. 인간의 인간 된 명분이다. 그 위치와 한계에 따라 다른 것뿐이다. 권력도 부럽고 명예도 부러우나, 그 의리와 책임이 두렵다. 선비는 비록 미천하고 괴로우나 그런 두려움이 없다. 그러나, 위정자의 책임 있는 자리도, 지도자의 명예스러운 자리도 피할 수 있고 벗어날 수 있으나, 선비의 자리는 벗어날 수가 없다. 그러므로 인간은 무엇을 하든 명분을 저버리지는 못하는 것이다. 그래서 나는 난蘭은 난이어야 하고, 분糞은 분일 수밖에 없다고 생각하는 것이다.

책임을 지지 못하는 위정자 밑에 사는 백성같이 비참한 백성은 없다. 의로운 지도자를 찾지 못한 백성은 더욱 불행하다. 그러나 지조를 모르는 지성인 사회에서 사는 것보다 더 불행하지는 않다. 위정자의 최대 무기는 권력이다. 권력의 힘이란 시랑猜狼과 같은 것이다. 지도자의 최대의 무기는 덕행이다. 덕행의 힘이란 물과 같은 것이다. 지성인의 최대의 무기는 발언이다. 발언의 힘은 추상과 같은 것이다. 그러므로 지성인의 발언에는 타협이 있을 수 없다. 확고한 신념이 아니면 발언할 수 없다. 한마디 한마디에는 반드시 책임을 져야 한다. 그러므로 그에게는 침묵의 권리와 사색의 여유와 불협조의 자유가 보장되어 있다. 그러므로 그들의 발언은 천 근의 무게가 있고 흉중의 보도寶刀가 항상 보류되어 있는 것이다.

그들은 양식의 명령이 아니면 아무것에도 복종하지 아니하며, 양식의 필요를 느끼지 않는 것이면 비록 사소한 것이라도 손을 대지 아니하며, 이해에 사로잡히지 아니하는 결백이 있다. 그러나 양식의 명령에는 주저와 두려움이 없다. 이것이 곧 지조다. 인류의 역사와 맥박은 이 정기正氣 속에 뛰고 있는 것이다. 그러므로 지성인의 힘은 가장 미약한 듯 가장 강인하고, 그의 책임은 가장 적은 듯 가장 무거운 것이다. 위정자는 그 업적에서 공과가 평가될 수 있다. 지도자는 최후의 의리에서 모든 평가가 결정된다. 그러나 선비는 평범한 일동일정一動一靜에서 그의 개결한 것과 순정한 것을 보는 것이다. 그러나 위정자나 지도자의 한번 저지른 과오는 결코 그 책임이 용서되지 않지만, 무명한 선비의 과오라면 반성과 회오悔悟와 개선과 근신에 의해서 스스로 회복되는 것이다. 여기에 게으른 것만이 최대의 과오인 것이다.

나는 분糞의 구린 것을 슬퍼하지 않고 향기 없는 가란假蘭들이 난蘭으로 불리는 것을 오직 슬퍼한다.

수혼비獸魂碑

여기는 옛 도수장屠獸場 터. 지금은 공지다. 아직도 수혼비獸魂碑가 남아 있다. 석양은 화강석 비석에 반쯤 물들어 있다.

나는 전에 아침마다 도수장으로 쇠피를 먹으러 가는 노인들을 본 적이 있다. 몸에 좋다고 해서 매일 식기 전에 더운 피를 먹으려고 표주박을 차고 가는 노인들을 본 적이 있다. 나는 그때 다음과 같은 이야기를 연상했다.

옛날에 시구문 밖에서 사형 집행을 할 때 죄수를 한가운데다 앉혀 놓고 망난이가 춤을 추며 여러 번 어르다가 악 하고 마지막 칼을 치면 뎅겅하고 목이 떨어진다. 이때 핏줄기가 쭉 뻗쳐 올라온다는 것이다. 그러면 주위에 쭉 둘러섰던 구경꾼들 틈에서 송편 장수들이 우 하고 아우성을 치며 달겨든다. 저마다 먼저 그리고 많이 송편에 피를 묻히려는 것이다. 사람의 목에서 뽑는 피를 묻힌 떡을 먹으면 병을 앓지 않고 또 벽귀辟鬼가 된다고 해서, 그 송편이 고가로 팔린다는 것이다. 죄야 어찌 되었든, 지금 산 사람을 목을 쳐 죽이려는 순간에 그 목의 피를 찍어 먹으려고 송편을 들고 앞을 다투어 눈독을 들이고 있는 인간상을 상상해 보면, 아무리 옛날 몽매한 시대라 해도 인간이란 그런 것인가 하는 생각을 금할 수가 없다.

나는 일제시대에 도수장 수혼비 앞에서 일 년에 한 번씩 위령제를 지내는 구경을 한 적이 있다. 비석 앞에 제물을 고여 놓는다. 그리고 먼저 일본 중이 분향을 하고 독경을 한다. 그리고 지방장관을 위시해서 민간 유지들이 차례로 분향, 묵념을 한다. 그리고 또 잔을 올린다. 중은 또 여러 번 절차에 따르는 독경을 한다. 불교를 믿는 신도, 주로 늙은 부인들이 많이 참례한다. 한 부인을 보고 이 제사는 왜 지내는가 물었더니 짐승의 원귀들을 풀어 주어야 동티가 아니 나고 동네가 태평하다고 했다. 그러나 도수장 관리인의 말은, 도수장이 흥왕해서 소가 많이 잡히라고 지내는 제사라고 했다. 일본 중을 보고 물어봤더니 전생의 업원으로 축생이 되었지만, 이제 사람들에게 살신성인의 공덕을 쌓았으므로 이제 좋은 곳으로 천도해 주기 위해서 위령제를 지내는 것이니, 다 대자대비하신 부처님의 뜻이라는 것이었다.

나는 지금 옛 도수장 터, 빈 공지에 서서 억지로 끌려서 떨며 들어가는 소, 목을 째며 비명을 올리는 돼지, 피를 먹으려고 표주박을 들고 몰리는 사람들, 비린내 나는 도수장 안의 살벌한 광경, 창살로 연기같이 무럭무럭 새어 나오는 김과 악취, 그런 것들을 생각하며 또 그 위령제도 회상해 본다. 풀밭에서 바람이 일어 소슬하게 밀려온다. 나는 이제 수혼비 앞에 서 있다. 석 자 길이의 화강석 비석이 소슬하다. 비석에는 원래 사연이 많다. 석양을 등지고 내려오는 내 눈앞에 어른거리는 무수한 비들.

마고자

나는 마고자를 입을 때마다 한국 여성의 바느질 솜씨를 칭찬한다.

남자의 의복에서 가장 사치스러운 호사가 마고자다. 바지·저고리·두루마기 같은 다른 옷보다 더 값진 천을 사용한다. 또 남자 옷에 패물이라면 마고자의 단추다.

마고자는 방한용이 아니요 모양새다. 방한용이라면 덧저고리가 있고 잘덧저고리도 있다. 화려하고 찬란한 무늬가 있는 비단 마고자나 솜 둔 것은 촌스럽고, 청초한 겹마고자가 원격原格이다. 그러기에 예전에 노인네가 겨울에 소탈하게 방한 삼아 입으려면 그 대신에 약식인 반배反褙를 입었던 것이다.

마고자는 섶이 알맞게 여며져야 하고, 섶귀가 날렵하고 예뻐야 한다. 섶이 조금만 벌어지거나 조금만 더 여며져도 표가 나고, 섶 귀가 조금만 무디어도 청초한 맛이 사라진다. 깃은 직선에 가까워도 안 되고 너무 둥글어도 안 되며, 조금 더 파도 못쓰고 조금 덜 파도 못쓴다. 안이 속으로 짝 붙으며 앞뒤가 상그럽게 돌아가야 하니, 깃 하나만 보아도 마고자는 바느질 솜씨를 몹시 타는 까다로운 옷이다.

마고자는 원래 중국의 마괘자馬褂子에서 왔다 한다. 귀한 사람은 호사스러운 비단 마괘자를 입고, 그렇지 못한 사람은 청마괘자를 걸치고 다녔다. 이것이 우리나라에 들어와서 마고자가 됐다는 것이다.

그러나 마고자는 마괘자와 비슷도 아니 한 딴 물건이다. 한복에는 안성맞춤으로 어울리는 옷이지만 중국옷에는 입을 수 없는, 우리의 독특한 옷이다. 그리고 그 마름새나 모양새가 한국 여인의 독특한 안목과 솜씨를 제일 잘 나타내는 옷이다. 그 모양새는 단아하고 아취가 있으며, 그 솜씨는 섬세하고 교묘하다. 우리 여성들은 실로 오랜 세월을 두고 이어받아 온 안목과 솜씨를 지니고 있던 까닭에 어느 나라 옷을 들여오든지 그 안목과 그 솜씨로 제게 맞는 제 옷을 지어 냈던 것이다. 만일 우리 여인들에게 이런 전통이 없었던들 나는 오늘 이 좋은 마고자를 입지 못할 것이다.

문화의 모든 면이 다 이렇다. 전통적인 안목과 전통적인 솜씨가 있으면 남의 문화가 아무리 거세게 밀려든다 할지라도 이를 고쳐서 새로운 제 문화를 이룩하는 것이다. 송자宋瓷에서 고려의 비취색이 나오고, 고전古篆 금석문에서 추사체가 탄생한 것이 우연이 아니다. 귤이 회수淮水를 건너면 탱자가 된다는 말이 있다. 예전엔 남의 문물이 해동에 들어오면 해동 문물로 변했다. 그러나 그것은 탱자가 아니라 진주였다. 그런데 근래에는 반드시 그렇지만은 않은 것 같다. 남의 것이 들어오면 탱자가 될 뿐 아니라, 내 귤까지 탱자가 되고 마는 것 같아 안타까울 때가 있다.

백의白衣와
청송靑松의 변

　　물산장려 때는 '옷고름 망국론'을 쓰고 단추로 물자를 절약하자고 한 사람이 있었다. 색의 장려 때는 '백의白衣 망국론'을 쓴 사람이 있었다. 속성 조림造林을 위해서 '소나무 망국론'을 거론하는 사람이 있다. 어느 것이나 생활 개선을 위해서 과거를 비판하는 총명과 우국심에서 나온 말들이라고 믿는다. 그러나 나는, 옷고름보다도 백의보다도 소나무보다도 더 상서롭지 못한 것은 걸핏하면 극한 용어를 내세우기 좋아하는 우리네 입버릇이다. 만일 우리가 그 세 가지로 해 망국을 했다면 얼마나 회복하기 쉬운 일이냐? 그러나 우리 주위에는 정말 기막힌 일들이 즐비하게 눈에 띈다. 우리는 하나씩 하나씩 신중히 비판하고 고쳐 갈 일이지, 눈에 띄는 대로 망국, 망국 해서는 아니 된다. 현실에 격분하고 괴롭고 비통한 나머지 우국심에서 극한 용어를 외치고 경종을 울리게 될 때도 있을 수 있다. 그러나 결코 쓰고 싶은 용어가 아니다. 하물며 풋지식에서 오는 경망한 교만과 가장된 애국심이 항상 자기 멸시의 극한 용어를 씀으로써 자랑을 삼으려는 경박한 풍조에 있어서랴.

작업복을 입고 부지런히 일하는 것은 매우 좋은 일이다. 그러나 두루마기를 입을 바에야 풍류스러운 옷고름을 떼고 양복 단추를 달아야 구국이 되는 것은 아니다. 양복 소매 끝에는 쓸 데 없는 단추들이 많이 달려 있지만 나는 굳이 절약해 본 적이 없다.

백의는 지금 우리 생활에서 일상 사용되기 어렵다. 그러나 흰 것이 깨끗하고 깨끗한 것이 아름다운 것만은 틀림없다. 이것은 우리뿐이 아니라 인류의 공통된 생각이다. 천사를 꾸밀 때는 백의를 사용하고, 악마나 귀신을 꾸밀 때는 흑색이나 적색을 사용하는 것이 보통이다. 흰 것이 위생적인 것도 사실이다. 의사, 간호사, 이발사, 청소부들이 다 백의를 사용하는 것도 그 까닭이다. 서양 신부의 예복도 면사포까지 모두 백색을 숭상한다. 어느 사가史家들처럼 태양숭배의 민족정신이니 불함문화不咸文化의 거룩한 특징이니 하여 신성시神聖視하는 것까지는 몰라도, 국상國喪이 계속되어 상복이 평복화한 것이니, 미개해서 염료가 발명 안 된 까닭이니, 색채미감을 모르는 민족이니, 비운에 복종하는 심정이니 따위의 천박한 해

석은 삼가야 한다.

우리 생활이 과거에는 유한해서 넉넉히 백의의 생활을 즐길 수가 있었다. 우리는 학과 같이 깨끗하고 눈[雪]과 같이 흰 것을 남달리 사랑했다. 그 결백과 순결을 사랑함이다. 맑은 물과 갠 날씨에 빨래하고 마전하기에 가장 복된 환경을 가지고 있었다. 푸른 하늘, 맑은 공기, 고운 산천, 우리의 자연은 청초하고 순결한 것을 사랑할 줄 아는 고도의 세련된 미감을 길러 주었다. 백색은 평화의 색이요, 순결의 색이요, 동화의 색이었다. 순결한 까닭에 냉철하고 삽상颯爽할지언정 무력하고 비운적일 수는 없다. 부정不淨과 타협을 거부할지언정 순종을 의미할 수는 없다. 그러나 고요한 달밤 거울 같은 물 위로 구름 배를 타고 내려오는 소의素衣 항아姮娥라면 비록 홍장紅粧 고사가 아니라도 우의羽衣 선녀로 볼 것이요, 강상에 떠오는 전선戰船 위에 백기를 달았다면 투항해 오는 적장을 생각할 것이니, 같은 백색이라도 경우에 따라 같지가 아니할 것이다. 청상과부의 소복을 보고 애절하고 슬프게 느끼는 것은 옳거니와, 결혼식장으로 들어가는 신부의 흰 드레스를 보고 슬퍼할 까닭은 없다. 그러므로 백의에서 애수의 정서를 느낀다면 그것은 백의의 탓이 아니요, 오랫동안 불운했던 우리 생활의 탓일 것이다. 생활에서 오는 그림자를 우리 문화의 본질이라고 생각하는 것은 잘못이다. 백의를 버리고 오색이 영롱한 양장을 한 여인이 흑인의 팔을 끼고 가는 모습은 더욱 슬프지 아니한가. 그렇다고 내 이제 백의를 입자는 것은 아니다. 우리는 실생활에 편리한 것을 좇아야 한다. 그러나 백의를 숭상하던 결벽만은 지니고 싶다. 다만 "예복만이라도 백의를" 하는 것은 노객老客의 향수만이 아니다.

솔을 절개의 상징으로 사랑해 왔다고 하나, 절개가 나쁠 것도 없다. 그러나 반드시 비유나 이유를 따져서 좋다 그르다 할 필요는 없다. 만일 솔을 절개 때문에 사랑한다면 단풍은 변절 때문에 사랑하는가? 그러므로 고인古人의 시가에 나오는 솔을 들어 평가할 것은 아니다. 고인의 시가는 시가대로 그 심정을 높이 살 것이요, 솔은 솔대로 보면 된다. 낙락장송은 누가 봐도 풍치 있고 싱싱한 나무임에 틀림없다. 또 이 나무는 우리 강토에서 가장 잘 살고, 잘 번창하던 나무임에도 틀림없다. 또 우리나라에서 가장 용도가 많던 나무임에도 틀림없다. 또 가장 우리 자연에 어울리고, 우리와 정든 나무임에도 틀림없다. '포플러'와 '오리나무'가 좋다는 것은 그 속성 재배를 취해서 필요하다는 말이다. '포플러'를 신개지新開地 식민지의 상징수라고까지 말한 이가 있다. 그 조림적 실용가치를 떠나서 소나무보다 아름답다고는 할 수 없다. 완상용으로 왜송矮松을 등분登盆하고 풍치림으로 솔을 취하지 포플러를 택할 수는 없다. 솔은 그 수명이 길고 비료를 요구하지 않고 사시장청 푸르고, 해변, 영상嶺上, 평야, 산중, 그곳에 따라 형태가 멋지게 적응하는 운치 있는 나무다. 생활력이 강해, 바위틈에서도 기괴한 형태를 자랑한다. 바람소리가 청아하고 냄새가 신선한 향기를 퍼친다. 공기를 청신하게 하고 폐를 깨끗하게 해 주는 점은 다른 나무로는 당할 수 없다. 송이, 송낙, 복령茯苓은 다 송하松下의 소산이다. 옛날 우리가 묘포苗圃나 식목을 모르고 살 때, 자연생으로 가장 무성하던 나무가 이 소나무다. 워낙 장수목인 까닭에 솔씨가 저절로 떨어져서 울창했던 것이다. 솔 밑에서는 잡초가 성하지 않고 금잔디만이 깔리는 까닭에 떨어진 씨의 발육이 좋았던 것이다. 일본 사람들도 '조선오엽송朝鮮五葉松'이라면 잎을 따서 연초煙草에 꽂아 먹고 가루를 내서 약을 만드는 등 상품화하기에까지 이르렀던 것이다. 우리는 송홧가루로 음식을 해 먹고, 송순으로 술을 빚어 먹고, 송기로 개피떡을 해 먹고, 솔잎으로 송편을 쪄 먹고, 청솔방울로 장판을 하고, 마른 솔방울로 불씨를 묻고, 송진으로 약재를 삼고, 송진이 묵어서 호박琥珀이 되고, 밀화蜜花가 되면 우리의 귀중한 패물이었다. 섭을 베어 울섭을 하고 광술을 썼고, 뿌리를 캐서 가구를 만들고, 굵은 가지를 쳐서 숯을 구웠고, 연기를 몰아 먹을 만들고, 청솔을 꺾어 도자기를 구웠고, 가옥의 목재는 전부 소나무를 사용했던 까닭에 새 집에서는 청향이 그윽했고, 몇백 년 후에도 가옥의 기둥이 휘는 법이 없으며, 풍화가 되어도 부드러운 대팻자국이 그대로 살아 건축의 미를 전해 주었던 것이다. 그리하여 우리는 어린애를 낳으면 대문에 청솔 가지를 달았고, 사람이 죽어도 묘전墓前에는 청솔을 심어 주었던 것이다. 청솔은 우리를 저버린 적이 없다. 이것을 망국수亡國樹라 할 수는 없다.

또 소나무는 활엽수보다 꼿꼿해서 면적을 적게 차지하고, 어린 소나무를 밑에서 잘 기르는 까닭에 밀림을 이루어 연료를 자연목에서만 구하던 옛날에는 윤벌輪伐해서 무진장으로 계속되는 것이 솔이었었다. 너무 울창해서 산화山火가 일고 주체할 수가 없었다. 인조 때 김자점金自點이 오부五部 인민에게 명해서 온돌을 장려하여 송엽松葉과 송목松木을 처치하자고 했다. 그때 송충이가 있다면 배양하러 들었을지 모른다. 잔디밭 울창한 장송 밑에 치송稚松에는 충해가 그리 없는 법이다. 차차 인총이 늘어 가고 대고 베어 먹기만 한 까닭으로 이조 말엽부터는 송금령松禁令이 내리고, 충해가 일기 시작한 것이다. 그러나 우리나라 산림의 삭발의 운명은 광무 6년에 일본이 산림국 기사를 파견해서 우리나라 산림지질조사를 마치고, 산림채벌권을 강탈하면서 시작된 것이다. 일본이 우리나라를 병탄한 후, 신의주 제재창製材廠에서 무진장으로 깎아 먹고 막대한 수익을 먹어 간 것도 이 자연송自然松이다. 노일전쟁 때 전비戰費의 대부분을 보충한 것도 우리 두만강, 압록강 부근의 소나무다. 왜정시대에 지게 지고 연료를 채취하다가 허구한 날 산림조합에 잡혀 와서 벌금을 물고 매 맞고 한 것은 한국 농민들이었지만, 대량 벌채권을 가지고 기차로, 자동차로 운반해서 거액을 버는 목상木商은 대개 일인日人이 아니면 그 밑에 따라다니는 사람들이었다. 서울 인구가 부쩍 늘어서 신탄薪炭 공급이 늘어 가고, 석탄을 때기 시작한 뒤에도 일인촌에서는 불이 확확 붙는 광릉光陵 소나무, 종일 피는 포천 백탄白炭으로만 쓰고 있었다. 우리나라 풍속에는 송림松林을 윤벌輪伐하거나 삭장목을 쳤지, 간벌間伐이니 삭벌削伐이니 하고 송두리째 깎아 먹는 버릇은 일제 때 나타난 현상이다. 그러다가 우리가 창씨를 강요당하고, 지원병이니 노무자니 끌려갈 때, 우리와 같이 최후의 수난을 겪은 것이 이 송림이다. 좀 큼직한 나무는 모조리 베어 갔다. 시골 노인들은 조상 산소의 몇 주만은 빼 놔 달라고 애원을 했고, 자기 조상의 수식송手植松이라고 위하던 소나무를 공출하면서 눈물을 머금었다. 뿐만 아니라 남녀노소 없이 총동원을 시켜서, 송탄유松炭油 재료 공출供出이라고 소나무 뿌리란 소나무 뿌리는 샅샅이 파헤쳤던 것이다. 해방 후에는 우리 손으로 잔품 정리를 해치운 셈이 되고 말았다. 어처구니없는 것은 그 일인이 지금도, 우리나라를 이십 년만 더 점령했다면 산림이 녹화되었으리라는 것이다. 이 나무를 우리 입으로 망국수亡國樹라 부를 수 있는가.

그러나 이제 산림은 황폐하고 도처에 송충이가 들끓는다(송충이가 성한 것은 송림이 치잔稚殘한 증좌다). 유구하게 소나무만을 기를 수는 없다. 또 여러 가지 목재가 요구된다. 송목松木만을 의지할 수는 없다. 지금 황폐한 산야에는 이생목易生木이 아니면, 착근着根시키기 어렵다. 그러므로 활엽수를 장려하는 것이다. 촉성재배에 의한 속성 조림, 그리고 최단기의 수익을 목적으로 하는 이탈리아 포플러, 이런 것들의 조림이 필요하다. 그러나 한편으로 솔을 보호하고 솔을 심어서 울창한 후일을 기대할 것을 잊어서는 아니 된다. 산에 소나무가 있어서 망국이 될 리 천만 없다. 지리산처럼 소나무를 잘라 먹는 데 탈이 있다. 송충보다 인충이 무섭다. 노송이 없어지고 이탈리아 포플러로 이 강산의 면모를 바꾸는 것만이 반드시 길조가 아니다. '나무도 세대교체를 하자.'거나, '천유년千有年을 두고 내려온 노송은 물러가고 이탈리아 포플러로 교체하자.'거나, 이런 구호들은 놀랄 만큼 경박한 언사들이다. 나는 세대교체라는 그 용어 자체를 상서롭지 못한 말이라고 생각한다. 그러나 설사 그런 용어를 인정한다 하자. 세대교체도 같은 종자끼리 교체겠지, 종자를 갈아 교체할 수야 없지 아니한가. 놀라운 망발이다. 집이 가난하니 조상 때 쓰던 세전지물世傳之物 거문고가 탈이란 속담이 있다. 죄가 백의白衣에 청송靑松에 미치는, 우리 현실이 딱하지 아니한가.

수금아회갑서壽琴兒回甲序

오늘이 금아琴兒의 회갑이다. 구용산舊龍山에 모여서 놀던 소년 시절이 어제 같다. 그때의 얼굴들이 지금 몇이나 남았는가. 혹 남았다 해도, 길이 갈리고 말이 막히면 우정은 추억에 그치는 것. 파란곡절이 꼬리를 물고 창상滄桑이 누겁累劫에 못지않은 반세기가 넘는 길을 걸어왔다. 못나고 용렬한 덕분에 둘이 대과大過 없이 험준한 그 길을 넘어 오늘 평온한 몸으로 축배를 나누니, 이미 다행인지라 이 위에 감히 무엇을 덧붙여 말하랴.

금아, 이제 해로하는 부인과 탁락卓犖한 자녀와 같이 있고, 학계에 쌓은 업적 길이 후진에 거듭 빛나니 이는 실로 축하할 것이다. 그러나 내 이제 진정으로 권하는 잔은 변함없이 맑고 깨끗하게 육십 년을 고요히 걸어온 인간 금아에 대한 위로의 잔이다.

일대의 위업을 남기고 간다 해도 업적은 스스로 업적일 뿐, 자기가 아니다. 후세에 길이 전하는 것이 오직 글이다. 하지만, 자기를 충실히 부각시키지 못하면 웅문거작雄文巨作이 또한 자기 될 것이 없다. 한퇴지韓退之[퇴지는 당나라 시인 한유의 호]의 문장을 말하는 이, 「원도原道」나 「평서회비平西淮碑」나 「백이송伯夷頌」을 들지만 내 「제십이랑문祭十二郎文」을 취하고, 연암의 문장을 말할 때 『열하일기』, 「호질虎叱」, 「양반전兩班傳」을 들지 않고 「증백영숙입기린협서贈白永叔入麒麟峽序」를 말하는 이유가 여기 있다. 금아의 글은 안개 한 겹 가림 없는 금아 그대로의 진솔한 자기다. 그러므로 그를 말할 때 그의 글을 말하게 된다. 문학은 사람에 따라 호사도 될 수 있고, 명예도 될 수 있고, 출세의 도구도 될 수 있지만, 사람에 있어서는 인생의 외로움을 달래는 또 하나의 외로움인 동시에 사랑이다. 금아의 글은 후자에 속한다. 도도하게 굽이쳐 흐르는 호탕한 물은 아니지만, 산곡山谷 간에 옥수玉水같이 흐르는 맑은 물이다. 탁류가 도도하고 홍수가 밀리는 이때, 그의 글이 더욱 빛난다. 그의 글이 곱다 하여, 화문석같이 수월한 무늬가 아니요, 한산 세모시같이 곱게 다듬은 글이다. 그의 글이 평온하다 하여 안일한 데서 온 글이 아니다. 옥을 쪼는 시냇물은 그 밑바닥에 거친 돌뿌리와 아픈 자갈이 깔려 있다. "수필은 청자 연적이요, 난이요 학이요, 청초한 여인"이라고 했다. 그것은 바로 자기의 수필을 말함이다. "손때 묻고 오래 쓰던 가구를 사랑하되, 화려해서가 아니라 정든 탓"이라고 했다. 그는 정의 사람이다. 그는 "녹슨 약저울이 걸려 있는 가난한 약방"을 자기 집 서재에서 그리워하고 있다. 그는 청빈의 사람이다. 그는 "자다가 깨서 보려고 장미 일곱 송이를 샀다." 그는 관조의 사람이다. 그는 도산島山 장례에 참례 못 한 것을 "예수를 모른다고 한 베드로보다 부끄럽다."고 했다. 그는 진솔의 사람이다. 그는 진실과 유리된 붓을 희롱하지 않는 사람이다. 그는 "새댁이 김장 삼십 번만 담그면 할머니가 되는 세월"을 탄식했다. 자기가 보고 느낀 세월이다. "단풍이 지오. 단풍이 지오. 핏빛 저 산을 보고 살으렸더니 석양에 불붙은 나무같이 살으렸더니……" 하고 애수의 일면을 노래하고 있다. "이 순간 내가 별들을 쳐다본다는 것은 그 얼마나 화려한 사실인가. 오래지 않아 내 귀가 흙이 된다 하더라도 이 순간 내가 제9교향악을 듣는다는 것은 그 얼마나 찬란한 사실인가. 그들이 나를 잊고, 내 기억 속에서 그들이 없어진다 하더라도 이 순간 내가 친구들과 웃고 이야기한다는 것은 그 얼마나 즐거운 사실인가." 하고 순간의 행복을 노래하고 있다.

금아여, 이것이 그대로 그대의 걸어온 길이 아닌가. 내 잔을 들어 그 길을 위로하며 다시 한 잔 들어 그대의 건강을 빈다. 늙지 말고, 그 맑은 바람, 그 향기를 멈추지 말라.

글을 쓰는
마음

　　나는 누구에게 읽히기 위해서 글을 쓰는 것은 아니다. 그런 의미에서 내 글은 소용 없는 글인 것을 안다. 어느 소설가나 문필가가 소용 없는 글을 쓰려 들 것인가. 그러나 나는 문학가가 아닌 것을 스스로 안다. 그런 까닭에 애당초에 그런 야망은 버린 지 오래다. 고요한 밤에 좋은 친구가 있어 내 창문을 두드린다면 얼마나 반가우랴. 그와 차를 마시며 도란도란 마음속의 심회를 풀 수 있다면, 내 무엇 하러 원고지 위에 붓을 달리랴. 벗이 없는 까닭에 종이 위에 대화를 나누는 것이다.

　　내 글을 써서 세상에 전하려 하지 않는다. 글이 여러 사람의 입에 오르내리고 후세에 칭찬을 받는다 하자. 그러나 그것이 내게 무슨 소용이 있으며, 그 사람들이 나와 무슨 상관이 있으랴. 이미 글은 내가 아니다. 나는 옛사람의 글을 읽고 그의 이름을 기억한다. 그러나 그것은 그의 필명이요, 그의 원명이 아닌 것을 발견한다. 필명과 원명 어느 것이 진짜 그 사람이냐. 그러고 보면 작품을 읽고 굳이 작자를 기억할 필요도 없다. 그 글을 나의 글이라 해도 도용될 것이 없고, 내 글을 연암의 글이라 해도 허위 될 것이 없다. 옛사람의 글을 읽으면 내 속에 있는 글이요, 내 친구의 글이다. 그것은 얼마나 기쁘고 즐거운 발견이냐. 그의 얼굴을 볼 수 있고, 그와 담소를 나눌 수 있다면 그 외에 무엇을 더 구하랴. 그러나 그는 눈앞에 보이지 않는다. 만나지 못하는 안타까움. 말을 들려줄 수 없는 안타까움. 이런 때면, 나는 원고지 위에 붓을 달린다.

나는 결코 진실한 사람이 못 된다. 매일매일 허위와, 뜻 아닌 자세藉勢와, 비루한 타협과 같이 살아가야 하는 저속한 인간임을 스스로 안다. 나는 의리와 용기를 잃은 비겁한 존재임을 스스로 안다. 그러나 어찌하랴. 여기서 벗어날 줄을 모르는 비참한 존재다. 글은 나에게 허위를 요구하지 않는다. 진실이 그리울 때면, 나는 원고지 위에 붓을 달린다.

나는 종교를 믿지 않는다. 그러나 신자를 부러워한다. 하루 종일 죄를 짓고도 새벽에 혼자 성당에 들어가서 성단 앞에 눈물을 흘리며 참회한다. 얼마나 마음이 후련하랴 함이다. 내 원고지 위에 붓을 달리는 심경은 그와 비슷한 데가 있다.

그러나 나는 글을 쓴 뒤에는 스스로 읽어 본다. 읽고 나면 누구에겐가 들려주고 싶다. 이것은 내 글이 아니다. 내가 읽어 본 글이다. 즐겁다. 남에게 보여 주고 싶다, 읽어 주고 싶다. 될 수만 있으면 나와 똑같은 사람들에게 읽어 주고 싶다. 그리고 그들로 하여금 나와 똑같이 느끼게 해 주고 싶다. 번연히 소용없는 무가치한 것인 줄을 스스로 인정하면서도, 이것도 일종의 치정이 아닐지 모른다. 그래서 글을 다듬고 베끼고 하는 것이다. 한마디로 해서 나의 치졸의 소치라고 할까.

연암은 일찍이 묘한 말을 했다. 뜰에서 놀던 어린애가 제 귓속에서 소리가 나니까, 옆의 아이를 보고 제 귀에서 나는 소리를 들어 보라고 했다. 귀를 마주 대고 아무리 들어 봐야 들릴 리가 없다. 분명히 귓속에서 피리 소리도 같고 벌 소리도 같은 앵앵거리는 소리가 뱅뱅 도는데 아니 들린다니 안타깝다 못해 화가 날 수밖에 없어 발끈하더라는 것이다. 내가 이 병든 글을 써 놓고 남더러 읽어 달라는 어리석음도 그와 같을지 모른다.

나의
독서론

독서란 남의 글을 읽는 것이다. 그러나 사람에 따라 그 목적과 방법이 같지가 않다. 혹은 학문을 닦고 지식을 얻기 위해서, 혹은 기술을 배우기 위해서, 혹은 수양이나 취미를 위해서, 혹은 도리를 깨치기 위해서, 그 목적에 따라 읽는 방법도 또한 하나일 수가 없다. 공리를 위한 독서는 진정한 독서가 아니요, 독서를 위한 독서만이 진정한 독서라고 말한 사람도 있다. 그러나 필요에 따라 읽는 면학勉學도 필요한 일이다. 다만 나는 본성이 게으른 탓인지 면학의 공이 없다. 지식욕에서 오는 독서, 모르는 것을 알고 환희를 느끼고 자랑하던 열광도 이미 식어 감을 느낀다.

이제 내 독서의 의의를 묻는다면, 첫째 자아의 발견이요, 둘째 사색의 소재요, 셋째 곡소哭笑의 광장이다. 다시 말하면 곧 생의 파악이요, 내 생의 방편일 뿐이다.

　모든 것은 내가 있음으로 해서 있다. 그러므로 나보다 더 가깝고 친한 것은 없다. 나를 스스로 아끼고 소중히 하고 사랑하는 까닭이다. 또 나 외에 나를 생각하고, 아파하고, 측은히 여기고, 장쾌하게 생각해 줄 사람은 없다. 잠시도 떠날 수 없는 것이 나요, 떼어 버릴 수 없는 것이 나다. 그러나 내 얼굴조차 나는 직접 볼 수 없다. 다시 말하면, 가장 가까우면서 가장 먼 것이 나다. 가까운 까닭에 친하고, 먼 까닭에 그립다. 내 얼굴조차 그립거든 하물며 내 속의 마음이랴. 그러므로 나는 떨어지는 꽃잎에서도 나를 찾고, 우는 벌레 소리에서도 나를 생각하고, 지새는 달, 우거진 숲, 우뚝 솟은 돌, 졸졸 흐르는 물 속에서도 내 그림자를 건져 보는 것이다. 독서의 환희란 실로 그 글 속에서 나를 만나 보는 즐거움이다.

　형가荊軻가 비수를 품고 다시 돌아오지 못할 이수易水를 건너며 부른 비장한 노래는 형가가 아닌 태사공의 심회였던 것이다. 번쾌樊噲가 항우를 보자 머리칼이 위로 뻗치고 눈가가 찢어질 듯했던 분노는 또한 태사공의 기개였던 것이다. 『제해齊諧』의 말에, 남명南冥이란 바다에 대붕大鵬이란 새가 있어 날개로 삼천 리를 치며 구만 리를 떠오른다는 것은 『제해』의 기록이 아니요, 장자의 금회襟懷였던 것이다. 흑선풍黑旋風 이규李逵가 도채를 메고, 염마閻魔같이 지쳐 오는 사나운 장면은 이규가 아닌 시내암施耐庵의 쾌감이었던 것이다. 영국부榮國府에 얽힌 정화情話는 가보옥賈寶玉의 일이 아니요, 조설근曹雪芹의 술회였던 것이다. "나는 물결 곧장 삼천 척을 내려오니, 은하수가 구천에서 떨어졌나 의심하네飛流直下三千尺, 疑是銀河落九天."를 여산盧山의 폭포로만 알고 이백李白의 흉중의 폭포인 것을 모르고, "세 번 돌아봄을 빈번히 함은 천하를 위한 계획이요, 두 조정을 열어 건짐은 늙은 신하의 마음이라三顧頻煩天下計, 兩朝開濟老臣心."를 제갈량의 심사로만 알고 두자미의 눈물인 것을 잊을 것인가. 가인佳人의 인도를 받아 연옥, 지옥을 뚫고 가자 지고천至高天의 모든 빛이 순백의 장미로 나타나는 것은 천상의 세계가 아닌 단테의 세계였던 것이다. 서재에서 독배毒杯를 들고 고민하다가 부활제의 종소리를 듣는 것은 『파우스트』가 아니요, 괴테의 허망이었던 것이다. 단도를 빼어 들고 왕의 침실로 향할 때, 그 주저와 결심, 고민과 충동의 긴장은 맥베스의 전율이 아니요, 셰익스피어의 맥박이었던 것이다. 질풍 벽력에 휩쓸려 천 길의 나락으로 떨어지며 "깨어라 일어나라, 아니거든 영원의 멸망을." 하고 부르짖은 것은 사탄이 아니요, 밀턴의 절규였던 것이다. "모든 허위와 모든 병든 것과 생의 거침을 섬멸하라."고 외치는 독수리같이 강력한 초인의 목소리는 차라투스트라의 목소리가 아니요, 니체의 부르짖음이었었다. 병들고 가난한 노인이 안고 가는 불쌍한 개 아소루카가 도스토옙스키의 분신이 아닌 줄 뉘 알며, 아무리 시정우부市井愚

婦의 간음과 자살을 냉정하게 그려 봐도 그 영혼의 동경과 과잉의 감성은 보바리 부인이 아닌 플로베르의 그것이었고, 자기 골수를 빨아 먹어 달라고 구데기에게 호소해 봐도, 보들레르 제 손으로 제 살을 꼬집어 본 것뿐이다. 한마디로 해서 이것이 천고의 인생들이다. 관세음이 십구응신十九應身으로 화하고 억천분신億千分身으로 나타난다는 말은 참으로 옳은 말이다. 내 그들의 글을 읽음으로써, 그들과 더불어 이야기함으로써 천 길 속의 숨었던 나를 만난다. 이 얼마나 반갑고 기쁜 일인가. 나 또한 관세음의 응신이요 분신임을 안다.

늙어서 젊은이와 거리가 생김은 세대의 차가 아니라 늙기 전의 나를 잃음이요, 출세해서 교만함은 사람이 변한 게 아니라 출세 전의 나를 잃음이요, 세속에 물들어 타락하고 명리에 휩쓸려 변질됨은 사람이 다른 게 아니라 그 전의 나를 잃음이니, 한마디로 해서 인간을 잃고 나를 잊은 것이다. 이는 나를 오래 못 본 탓이다. 이제 책 속에서 천고의 인간들을 보고, 숨어 있던 나를 찾음이니, 이 얼마나 기쁘고 즐거운가. 나는 매양 독서의 환희를 여기서 느낀다.

화로에 불을 피우면 주전자의 물은 끓는다. 물이 끓으면 물 위에 떴던 것은 밀려간다. 이것은 지극히 소박한 관찰이다. 동시에 지극히 미묘한 진리다. 증기기관차를 비롯한 모든 발명은 여기서 비롯한다. 오늘 수소탄의 시대가 되어도 이 진리의 테두리를 벗어나지는 못한다. 그렇기 때문에 지극히 미묘하고 위대한 진리다. 모든 발명은 이 진리의 주해요 실험일 뿐이다. 이 지극히 소박한, 그러나 지극히 위대한 진리를 몰랐다면 오늘의 문명은 없다.

나는 고전이란 인간의 가장 소박하고 위대한 체험과 사색의 기록이었다고 생각한다. 고전의 위대성은 오랜 세월을 살아왔다는 데 있다. 오랜 세월을 살아왔다는 것은 불멸의 진리가 담겨 있다는 증거다. 동시에 여러 사람의 사색의 소재가 되어 수천 년을 두고 여러 사람의 사상을 배태하고 발전해 왔다는 데 있다. 전인前人의 글을 읽고 얻은 자기의 새로운 사색과 감흥을 적어 놓고 가면, 뒤의 사람이 또 그것을 읽고 얻은 자기의 새로운 사색과 감흥을 적어 놓고 간다. 이와 같이 해서 인간의 정신생활은 계속적으로 전해 왔고, 발전해 온 것이다. 노자나 공자의 글을 읽고 맹자의 사상도 나왔고, 순자의 사상도 나왔고, 양자나 장자의 사상도 나왔다. 장맹莊孟을 읽고 이백 같은 시인도, 두보 같은 시인도 나타났다. 그러나 그것은 공자나 노자에 머문 것은 아니다. 이백은 이백의 세계가 있고, 두보는 두보의 세계가 있다. 맹자를 읽고 맹자에 머문다면 지금 춘추전국시대에 살아야 할 것이요, 셰익스피어를 읽고 셰익스피어에 그친다면 지금 엘리자베스 시대에 살아야 할 것이다. 그러므로 오늘 사람이 말하는 맹자는 당시의 맹자 그대로의 맹자가 아니다. 나는

196

이두李杜의 시를 읽고 내 인생을 음미하고 내 감흥을 노래한다. 나는 옛사람의 글을 읽고 내 체험 위에서 내 인생을 음미하며, 내 영혼은 천고미도千古未到의 사색의 길을 끝없이 걸어간다. 독서는 나에게 무궁한 사색의 소재를 공급해 준다. 그렇다. 독서의 가치는 실로 이 사색의 소재인 점에 있다.

한세상 잠시 다녀가는 동안 가지가지 일을 겪어야 했다. 가지가지 일들을 보고 들어야 했다. 무수한 감회를 느낀다. 웃어야 할지 울어야 할지. 일마다 울자니 센티한 아녀자가 돼야겠고, 일마다 웃자니 청량리 뇌병원으로 가야 될 것이다. 그러나 한번 크게 웃고 크게 울어 보면, 적이 후련할 수도 있다. 하나 울 장소가 없다. 같이 웃어 주고 울어 줄 사람이 없다. 이때 수만 리 밖의 잘 웃는 친구를 만나 한번 같이 웃어 보고, 수천 년 전의 잘 우는 친구를 만나 얼싸안고 크게 울어 보는 것이 얼마나 통쾌한 일인가. 그들은 일찍이 웃음이 있고, 눈물이 있고, 때로는 통곡이 있었던 것을 나는 안다. 아니 그들의 웃음과 울음은 십 배, 백 배 컸던 까닭에 내 웃음을 더욱 크게, 내 울음을 더욱 크게 해 주는 것이다. 어쩌면 내 독서의 환희는 이것이 실로 그 전부일지도 모른다.

절에서 고승을 화장하고 나면—이것을 다비茶毘라 하거니와—

육신은 다 타 버리고 몇 알의 녹두 같은 구슬이 나온다. 이것을 득도한 이의 사리라고 해서 탑을 쌓고, 길이 모신다. 천만 승려 중에도 사리가 나오는 고승은 극히 드물다는 것이다.

천지가 생긴 후 무궁한 세월이 흘렀고, 그동안 몇억 만 사람이 다녀갔는지 모른다. 다 같이 고난을 겪고, 다 같이 웃고 울다 갔을 것이다. 그러나 그중에서 인생을 생각해 보고, 느껴 보고 간 사람이 몇 사람이나 될까. 또 그중에서도, 이것을 대변하고, 또 능히 기록하고 간 사람이 몇 사람이나 될 것인가. 비록 말하고 기록했다 해도, 그것이 없어지지 않고 후세에 전하고, 또 천만 사람의 공명을 얻고, 천만 인의 손을 빌려 오늘 우리들이 읽고 즐길 수 있는 글이 진정 얼마나 될 것인가. 이렇게 생각할 때, 이것은 모두 한 줌의 사리다. 억천만 년의 억천만 인이 사라진 뒤에 남은 몇 알의 녹두 알 같은 사리다. 내 문득 책장을 어루만지며 길이 찬탄한다. 이것은 한 사람의 글이 아니요 억만 인의 글이다. 그 사람만의 글이 아니요, 곧 내 글이기도 하다. 내 남의 글을 읽고 웃고 우는 것도, 내 한 줄을 읽고 무궁한 사색에 잠기는 것도 곧 그것이다.

그리고 이 속에서 또한 무한한 즐거움과 위안과 환희를 느끼는 것은 오로지 내 인생을 보내는 한 방편일 뿐이다.

글을 쓴 사람은 깊은 사색과 높은 충동에서 참지 못해 붓을 들었을 것이다. 그러나 글이란 그렇게 편리한 기구는 아니다. 여기에 작자의 고심이 있고 독자의 조예가 필요한 것이다. 언어의 의미나 천착하고 편언쌍구片言雙句의 분석에만 몰두하는 사람과는 더불어 문장을 말할 수 없고, 전설의 부회附會나 전인의 평주評註에만 집착하는 사람과는 족히 문장을 의논할 수 없다. 문심文心과 문안文眼이 없으면 문리文理와 문정文情을 모른다. 글 속에서 남의 목소리를 들을 줄 알고, 남의 고심의 흔적을 알아야 한다. 남의 글을 알자면, 먼저 내가 서야 한다. 내가 없이 어찌 남을 알랴. 그러나 내 한 길의 자[尺]로 천 길의 물을 재려 함이 또한 어렵지 아니한가. 그러므로 먼저 나를 길러야 한다.

대개 세간의 글을 읽음에 있어, 한마디를 읽으면 다음 말이 예상될 것이다. 예상에 크게 어긋나지 아니하면, 내게 안이한 글이다. 예상과 어긋나면, 더 읽어 스스로 밝혀지거나, 다시 읽어 내 부주의와 오독을 수정해 읽을 것이다. 예상과 비슷하되 내 생각보다 미흡하고 용렬하면, 이는 하수의 글이라 족히 읽을거리가 못 된다. 내 생각과 서로 드나들면, 비로소 읽을 수 있는 내 친구의 글이다. 예상보다 항상 새롭고 절실하면, 이는 상수上手의 글이라 즐겁게 읽을 수 있는 글이다. 말이 항상 의표를 찌르고 진실이 육박하며 미지의 여운이 심층의 저변을 울리면, 이는 범상치 아니한 명문일 것이다.

나를 기쁘고 즐겁게 하기에 족한 글이다. 처음 읽어 오직 황홀하며, 예지와 섬광이 빛나고 알 수 없는 힘과 향훈이 나를 도취시키며 오직 망연케 하고, 평범한 듯 비범하여 미지의 세계로 나를 이끌어 때로는 고무하고 때로는 몽롱케 하는 글, 음악인가 하고 읊어 보면 회화인 양 나타나고, 진리인가 생각하면 허망인 듯 잡히지 않는 기환奇幻, 사색의 무지개가 걷잡을 수 없이 피어나다가 책을 펴면 모든 것이 자취를 감추고 옷깃을 바로 하게 하는 글, 모르면서도 매력에 사로잡혀 놓지 못하는 글, 그런 글이 있다면 일생을 송독誦讀하고도 남음이 있는 기문奇文이니, 대소심천大小深淺의 차가 무량으로 크기 때문이다. 이 문장의 극치라 할 것이다. 그런 글이 과연 얼마나 있는지 모르거니와, 『장자』를 대할 때면 항상 이것을 느낀다. 특히 「소요유逍遙遊」, 「제물론齊物論」에 이르러서는, 운문인 동시에 산문이요, 시인 동시에 철학이요, 철학인 동시에 다시 문학이다. 이것이야말로 동서고금에 필적하기 어려운 수필의 극치요, 문학의 절정이 아닌가 한다. 이를 들어 내 독서론의 끝을 장식한다.

깍두기설

C군은 가끔 글을 써 가지고 와서 보이기도 하고, 나와 이야기하기를 좋아한다. 나도 그를 만나면 글 이야기도 하고 잡담도 하며 시간을 보내는 때가 많다. 저녁을 같이 먹으면서 깍두기를 좋아한다고, 한 그릇을 다 먹고 더 달래서 먹는다. 그래서 오늘 저녁에는 깍두기를 화제로 이야기를 했다.

깍두기는 이조 정종正宗 때 영명위永明尉 홍현주洪顯周의 부인이 창안해 낸 음식이라고 한다. 궁중에 경사가 있어서 종친의 회식이 있었는데, 각궁各宮에서 솜씨를 다투어 일품요리一品料理를 한 그릇씩 만들어 올리기로 했다. 이때 영명위 부인이 만들어 올린 것이 누구도 처음 구경하는 이 소박한 음식이다. 먹어 보니 얼근하고 싱싱한 맛이 일품이다. 그래서 위에서,

"그 희한한 음식, 이름이 무엇이냐?"고 하문하시자,

"이름이 없습니다. 평소에 우연히 무를 깍둑깍둑 썰어서 버무려 봤더니, 맛이 그럴듯하기에 이번에 정성껏 만들어 맛보시도록 올리는 것입니다."

"그러면 깍둑이구나." 하고 크게 찬양을 받고, 그 후 오첩반상의 한 자리를 차지해서 상에 오르게 된 것이 그 유래라고 한다. 그 부인이야말로 참으로 우리 음식을 만들 줄 아는 솜씨 있는 부인이었다고 생각한다.

아마 다른 부인들은 산진해미山珍海味, 희귀하고 값진 재료를 구하기에 애쓰고 주방 주위에 흔히 볼 수 있는 무·파·마늘은 거들떠보지도 아니했을 것이다. 갖은양념, 갖은 고명을 쓰기에 애쓰고, 소금·고춧가루는 무시했을지도 모른다. 그러나 재료는 가까운 데 있고 허름한 데 있었다. 옛날 음식 본을 뜨고 혹은 중국사관中國使館이나 왜관倭館 음식을 곁들여 규격을 맞추고 법도 있는 음식을 만들기에 애썼으나 하나도 새로운 것은 없었을 것이다. 더욱이 궁중에 올릴 음식을 그런 막되게 썬 규범에 없는 음식을 만들려 들지는 아니했을 것이다. 무를 썰면 곱게 채를 치거나 나박김치 본으로 납작납작 예쁘게 썰거나 장아찌 본으로 걀쭉걀쭉하게 썰지, 그렇게 깍둑깍둑 썰 수는 없다. 기름·깨소금·후춧가루 식으로 고춧가루도 적당히 치는 것이지 그렇게 시뻘겋게 막 버무리는 것을 보면 질색을 했을 것이다. 그 점에 있어서 깍두기는 무법이요 창의적인 대담한 파격이다.

그러나 한국 음식에 익숙한 솜씨가 아니면 이 대담한 새 음식은 탄생될 수 없다. 실상은 모든 솜씨가 융합돼 있는 것이다. 이른바 무법無法 중의 유법有法이다. 무를 깍둑깍둑 막 써는 것은 곰국 건지 썰던 솜씨요, 무를 날로 먹도록 한 것은 생채 먹던 솜씨요, 고춧가루를 벌겋게 버무린 것은 어리굴젓 담그던 솜씨요, 발효시켜서 익혀 먹도록 한 것은 김치 담그던 솜씨가 아니겠는가? 다 재래에 있어 온 법이다. 요는 이것이 따로 나지 않고 완전 동화되어 충분히 익어야 하고, 싱싱하고 얼근한 맛이 구미를 돋구도록 염담鹽淡을 잘 맞추어야 한다. 음식의 염담이란 맛의 생명이다. 그리고 이것이 한국인의 구미에 상하 귀천 없이 기호에 맞은 것이다. 그러면 되는 것이다. 격식이 문제 아니요 유래가 문제 아니다. 이름이야 무엇이라 해도 좋다. 신선로神仙爐니 탕평채蕩平菜니 두견화다杜鵑花茶니 가증스럽게 귀한 이름이 필요 없다. 깍두기면 그만이다. 이 깍두기가 반상 오첩에 올라 어육魚肉과 어깨를 나란히 하되 오히려 중앙에 놓이게 된 것이요, 위로는 궁중 사대부가로부터 일반 빈사貧士 서민에 이르기까지 애호를 받고 있는 것이다.

C 군은 영리한 사람이다.

"선생님, 지금 깍두기를 빌려 수필 이야기를 하시는 것이지요?

수필의 소재는 우리 생활 주변에 있고 다시 평범한 데 있는 것이요, 신기하고 어려운 데 구할 것이 아니라는 것을 알겠습니다."

"그러나 무가 싱싱하고 단 무라야 깍두기 맛이 나지 썩은 무나 시든 무야 되겠나."

"그것은 글의 품위에 관계되겠지요. 청신하고 진실한 것으로 깊이를 찾을 수 있는 것이라야 되겠지요."

"이름이야, 소품小品이라고 하든 에세이라고 하든 잡문이라고 하든 상관할 바 아니지요. 나는 내 글을 쓰는 것이니까요. 어느 이름에 구애될 필요는 없지요. 어느 형식이나 유파에 따를 필요도 없지요. 오직 파격이 필요하지요. 램의 수필이 어디까지나 환상적이요 정서적인가 하면, 노신魯迅의 수필은 정열적이요 혁명적이었고, 주자청朱自淸의 수필이 서정적이요 미문적이었다 하면, 프루스트의 수필은 사색적이요 내심적이었거니와, 그들의 수필을 기준으로 할 아무 필요도 없으니까요. 서구적인 저널리즘이 칼럼니스트들을 수필문학가라 하고 한편에서는 서투른 작문을 수필 명작이라고 떠드는 것을 추종할 필요도 없지요. 그러나 남들이 내 글도 수필이라고 불러 준다면 그런대로 받아들여 족하고요. 다만 읽어서 싱싱하고 얼근한 깍두기 맛만 낸다면 소설·시와 같은 문학들과 함께 오첩 반상에, 오히려 중앙을 차지하게 될 수도 있겠지요."

"그러나 지금 말씀하시던 중 무를 숭덩숭덩 썬 것이 무법인 듯하되 곰국 건지 썰던 법이요 운운하시던 말씀인데, 수필에서 그것을 좀 더 구체적으로 말씀해 주실 수는 없을까요?"

"자네가 내 말을 너무 지나치게 생각하니까 좀 무서우이마는 수필에 정서가 흐르는 것은 서정시에서 빌려 온 법이요, 수필에서 서술이 긴박하고 빈틈없이 나가는 것은 단편소설에서 빌려 온 법일세. 설리說理는 평론의 수법에서, 묘사는 배경 소설의 수법에서, 독자에게 친절감을 잃지 않는 것은 저명한 서간문의 수법에서, 사색적이요 반성적인 것은 저명한 일기문의 수법에서, 문장의 활기 있는 긴장은 희곡의 수법에서, 문단과 문단이 갈릴 때마다 청신淸新한 전환은 시나리오의 신을 바꾸는 솜씨에서 자유자재로 섭취 활용해 가며 자기의 독특한 문체와 참신한 문태文態를 창조해 나가는 것이 아니겠는가. 그러나 그것이 드러나거나 의식적인 기교에 지나치거나 익지 아니한 날내가 나면, 그 글은 원숙한 글이 아닌 것일세."

"음식의 맛의 생명은 염담鹽淡 맞추기에 있다고 하셨는데, 문장에서 염담이란 무엇에 해당됩니까?"

"문장의 농담濃淡이지. 문장의 농담이 없으면 정물화에 음영陰影 없는 것과 같고, 음악에 박자 없는 것과 같지. 문장은 이 농담에 의해서 함축도 있고 여운도 있고 기환奇幻도 있고 내재적인 리듬도 있어 비로소 시취詩趣를 갖게 되는 것일세. 고인古人이, 농담 없는 문장을 가리켜 몰골도沒骨圖라고 풍자한 이가 있어. 우리 모양으로 문장이 미숙하고, 또 배워 보려는 사람들은 이 깍두기에서 얻는 바가 있을 것일세."

일후日後의 참고삼아 이날의 문답을 적어 둔다.

양잠설養蠶說

어느 촌 농가에서 하루 저녁 잔 적이 있었다. 달은 환히 밝은데, 어디서 비 오는 소리가 들린다. 주인더러 물었더니 옆방에서 누에가 뽕 먹는 소리였었다. 여러 누에가 어석어석 다투어서 뽕잎 먹는 소리가 마치 비 오는 소리 같았다. 식욕이 왕성한 까닭이다. 이때 뽕을 충분히 공급해 주어야 한다. 며칠을 먹고 나면 누에 체내에 지방질이 충만해서 피부가 긴장되고 윤택하며 엿빛을 띠게 된다. 그때부터 식욕이 감퇴된다. 이것을 최면기催眠期라고 한다. 그러다가 아주 단념을 해 버린다. 그러고는 실을 토해서 제 몸을 고정시키고 고개만 들고 잔다. 이것을 누에가 한잠 잔다고 한다. 얼마 후에 탈피脫皮를 하고 고개를 든다. 이것을 기잠起蠶이라고 한다. 이때에 누에의 체질은 극도로 쇠약해서 보호에

특별히 주의해야 한다. 다시 뽕을 먹기 시작한다. 초잠初蠶 때와 같다. 똑같은 과정을 되풀이해서 최면催眠, 탈피脫皮, 기잠起蠶이 된다. 이것을 일령一齡, 이령二齡, 혹은 한잠, 두잠 잤다고 한다. 오령五齡이 되면 집을 짓고 집 속에 들어앉는다. 성가成家된 것을 고치라고 한다. 이것이 공판장에 가서 특등, 일등, 이등, 삼등, 등외품으로 평가된다.

나는 이 말을 듣고서, 사람이 글을 쓰는 것과 꼭 같다고 생각했다.

누구나 대개 한때는 문학소년 시절을 거친다. 이때가 가장 독서열이 왕성하다. 모든 것이 청신淸新하게 머리에 들어온다. 이때 독서를 많이 해야 한다. 그의 포부는 부풀 대로 부풀고, 재주는 빛날 대로 빛난다. 이때 우수한 작문들을 쓴다. 그러나 얼마 안 가서 그는 사색에 잠기고 회의에 잠긴다. 문학 서적에서조차 그렇게 청신한 맛을 느끼지 못한다. 여기서 혹은 현실에 눈떠서 제각각 제 길을 찾아가기도 하고, 철학이나 종교 서적을 읽기 시작한다. 그리고 오직 침울한 사색에 잠긴다. 최면기에 들어선 것이다. 한잠 자고 나서 고개를 들 때, 구각舊殼을 벗는다. 탈피다. 한 단계 높아진 것이다. 인생을 탐구하는 경지에 이른다. 그러나 정신적으론 극도의 쇠약이다. 그의 작품은 오직 반항과 고민과 기벽奇癖에 몸부림친다. 이때를 넘기지 못하고 그 벽을 뚫지 못하고 대결하다 부서진 사람들이 있다. 혹은 그를 요사天死한 천재라고 하는 사람들도 있다. 다시 글을 탐독하기 시작한다. 전에 읽었던 글에서 새로움을 발견한다. 이제 이령二齡에 들어선 것이다. 몇 번이고 이 고비를 거듭하는 속에 탈피에 탈피를 거듭하며 자기를 완성해 간다. 그 도중에는 무수한 탈락자들이 생긴다. 최후에, 자기의 모든 역량을 뭉치고, 글때를 벗고, 자기대로의 세계에 안주한다. 누에가 고치를 짓고 들어앉듯 성가成家한 작가다. 비로소 그의 작품이 그 대소에 따라 일등품, 삼등품으로 후세의 평가의 대상이 된다.

대개 사람의 일생을 육십을 일기로 한다면 이십대가 일령기一齡期요, 삼십대가 이령기요, 사십대가 삼령기요, 오십대가 사령기요, 육십대가 되면 이미 오령기다. 이제는 크든 작든 고치를 짓고 자기 세계에 안주할 때다. 이때에 비로소 고치에서 명주실은 풀리기 시작한다. 자기가 뽕을 먹고 삭이니만치 자기가 부단히 고무되고 고초苦楚하고 탈피해 가며 지어 논 고치[경지境地]만큼 실을 뽑는 것이다. 칠십이든 구십이든 가는 날까지 확고한 자기의 경지에서 자기의 글을 쓰고 자기의 말을 하다가 가는 것이다. 그러나 여기서 이십대~육십대를 예를 들어 말한 것은 육체적인 연령을 말한 것은 물론 아니다. 육체적인 연령에 대비해 보는 것이 알기 쉽기 때문이다. 우수한 문학가는 생활의 농도와 정력의 신비가 일반을 초월한다. 그런 까닭에 이 연령은 천차만별로 단축된다. 우리는 남의 글을 읽으며 다음과 같이 논평하는 수가 가끔 있다.

"그 사람 재주는 비상한데, 밑천이 없어서." 뽕을 덜 먹었다는 말이다. 독서의 부족을 말함이다.

"그 사람 아는 것은 많은데, 재주가 모자라." 잠을 덜 잤다는 말이다. 사색의 부족과 비판 정리가 안 된 것을 말한다.

"그 사람 읽기는 많이 읽었는데, 어딘가 부족해." 뽕을 한 번만 먹었다는 말이다. 독서기讀書期가 일회에 그쳤다는 이야기다.

"학식學識과 재질이 다 충분한데, 그릇이 작아." 사령四齡까지 가지 못했다는 이야기다.

"그 사람 아직 글때를 못 벗은 것 같애." 오령기五齡期를 못 채웠다는 말이다. 자기를 세우지 못한 것이다.

"그 사람 참 꾸준한 노력이야, 대원로지. 그런데 별 수 없을 것 같다." 병든 누에다. 집 못 짓는 쭈그렁 밤송이다.

"그 사람이야 대가大家지. 훌륭한 문장인데, 경지가 높지 못해." 고치를 못 지었다는 말이다. 일가를 완성하지 못한 것이다.

나는 양잠가養蠶家에게서 문장론을 배웠다.

곶감과
수필 *

소설을 밤[栗]에, 시를 복숭아에 비유한다면 수필은 곶감[乾柿]에 비유될 것이다. 밤나무에는 못 먹는 쭉정이가 열리는 수가 있다. 그러나 밤나무라 하지, 쭉정나무라 하지는 않는다. 그러고 보면 쭉정이도 밤이다. 복숭아에는 못 먹는 뙈기 복숭아가 열리는 수가 있다. 그러나 역시 복숭아나무라 하고 뙈기나무라고는 하지 않는다. 즉 뙈기 복숭아도 또한 복숭아다. 그러나 감나무와 고욤나무는 똑같아 보이지만 감나무에는 감이 열리고 고욤나무에는 고욤이 열린다. 고욤과 감은 별개다. 소설이나 시는 잘못되어도 그 형태로 보아 소설이요 시지 다른 문학의 형태일 수는 없다. 그러나 문학 수필과 잡문은 근본적으로 같지 않다. 수필이

• 이 글은 윤오영의 『수필문학입문』 중 「수필의 성격」에서 절록하여 제목을 고쳐 달았다.

잘되면 문학이요, 잘못되면 잡문이란 말은 그 성격을 구별 못 한데서 온 말이다. 아무리 글이 유창하고 재미있고 미려해도 문학적 정서에서 출발하지 아니한 것은 잡문이다. 이 말이 거슬리게 들린다면 문장 혹은 일반 수필이라고 해도 좋다. 어떻든 문학작품은 아니다.

밤은 복잡한 가시로 송이를 이루고 있다. 그 속에 껍질이 있고, 또 보늬가 있고 나서 알맹이가 있다. 소설은 복잡한 이야기와 다양한 변화 속에 주제가 들어 있다. 복숭아는 살이다. 이 살 자체가 천년반도千年蟠桃의 신화를 연상케 하는 아름다운 형태를 이루고 있다. 시는 시어 자체가 하나의 이미지로 조성되어 있다.

그러면 곶감은 어떠한가. 감나무에는 아름다운 열매가 무럭무럭 자라고 있다. 그 푸른 열매가. 그러나 그 푸른 열매는 풋감이 아니다. 늦은 가을 풍상을 겪어 모든 나무에 낙엽이 질 때, 푸른 하늘 찬서리 바람에 비로소 붉게 익은 감을 본다. 감은 아름답다. 이것이 문장이다. 문장은 원래 문채文采란 뜻이니, 청적색靑赤色이 문文이요 적백색赤白色이 장章이다. 그 글의 찬란하고 화려함을 말함이다.

그러나 감이 곧 곶감은 아니다. 그 고운 껍질을 벗겨야 한다. 문장기文章氣를 벗겨야 참글이 된다는 원중랑袁中郞[중랑은 명나라 시인 원굉도의 자]의 말이 옳다. 그 껍질을 벗겨서 시득시득하게 말려야 한다. 여러 번 손질을 해야 한다. 그러면 속에 있던 당분이 겉으로 나타나 하얀 시설柿雪이 앉는다. 만일 덜 익었거나 상했으면 시설은 앉지 않는다. 시설이 잘 앉은 다음에 혹은 납작하게, 혹은 네모지게, 혹은 타원형으로 매만져 놓는다. 이것을 곶감을 접는다고 한다. 감은 오래가지 못한다. 곶감이라야 오래간다.

수필은 이렇게 해서 만든 곶감이다. 곶감의 시설은 수필의 생명과도 같은 수필 특유의 것이다. 곶감을 접는다는 것은 수필에 있어서 스타일이 될 것이다. 즉 그 수필, 그 수필마다의 형태가 될 것이다. 그러면 곶감의 시설은 무엇인가. 이른바 정서적·신비적 이미지가 아닐까. 이 이미지를 나타내는 신비가 수필을 둘러싸고 있는 놀과 같은 무드다. 수필의 묘는 문제를 제기하되 소설적 테마가 아니요, 감정을 나타내되 시적 이미지가 아니요, 놀과도 같이 아련한 무드에 쌓인 신비로운 정서에 있는 것이다.

민요
아리랑

'아리랑'이란 노래처럼, 널리 퍼지고 지방마다 다르면서도 한결같이 느껴지는 향수에 찬 노래도 드물다. 그러면 도대체 이 '아리랑'의 뜻은 무엇인가?

신라의 알영설閼英說, 혹은 아랑설阿娘說, 아이롱설啞耳聾說 들은 원래 근거 없는 부회附會에 지나지 아니한다. 이 노래의 기원과 분포 상황을 연구하여 우리 선조의 이동 상황과 신앙생활까지 소급해 보려고 생각하는 이도 있고, 낙랑樂浪을 '아라', '알라'로 보고, 이와 관련시켜서 낙랑의 남계南界인 자비령慈悲領이라고 생각하는 이도 있고, 오늘의 삼팔선 같은 민족 수난의 선으로 상상하는 이도 있고, 백의민족의 상징이요 이상적인 것으로, 현실적인 것이 아니라고 보는 이도 있다. 그러나 내 견해에 의하면 랑은 령嶺의 변음이요, 아리는 우리 고어의 장長이니, 장령長嶺 즉 '긴 고개'라는 뜻이다. 장백산의 고명이 '아이민상견阿爾民商堅'인바, 아이阿爾는 장長의 훈訓이요, 민民은 백白의 훈차訓借요, 상견商堅은 산의 반절음反切音이 분명하니, 장長의 고어가 '아리'인 것을 알 수 있다(爾는 利로 통용된다).

우리나라는 들이 좁고 산이 많다. 이른바 한적한 산간 촌락들이다. 그러므로 고을마다 고갯길이 있고, 지역마다 준령이 있어 통로가 되어 있다. 먼 데 소식이 그리워도 이 고개를 바라보며 살아왔고, 타관에 나가 고향이 그리울 때도 아득한 이 고개를 향해 그리워했다. 이별의 눈물도 이 고개에서 뿌렸고, 반가운 이의 마중도 그 고개에서다. 혹은 성황당이 서 있고, 혹은 성황나무 고목이 서 있는 그 고갯길을 넘어가는 나그네. 높고 높은 그 고개 위에 오가는 구름. 아리랑의 애수는 이 속에서 짙어 갔고, 하염없이 고개 너머 푸른 하늘을 바라보며 그리워도 했던 것이다.

노래의 내용은 나를 버리고 가는 님이 아니면, 구십구 암자에 기도 드리며 다니는 운수의 나그네다. "나를 버리고 가는 님은 십 리도 못 가서 발병 난다." 십 리는 십 리 송객정送客亭의 십 리니, 전별의 장소다. 십 리 밖에 나가 전송하지 아니할 수 없는 님인 것을 번연히 알건만, 굳이 어린애같이 발병이라도 나라고 버둥대 보는 마음, 미상불 묘사妙詞라 아니 할 수 없다. "아리 아리 아리랑" 그리고는 "시리 시리 시리랑"을 연달아 부르기도 한다. 시리 시리는 사리 사리 혹은 서리 서리의 변음變音이다. 지방에 가면 높은 재를 '사실고개' '서슬고개'로 부르는 예가 많다. '아리 아리 아리랑'은 '긴 긴, 긴 고개'니 준령을 뜻함이요, '시리 시리 시리랑'은 꾸불꾸불 서린 고갯길을 뜻함이다.

뒷골, 샛골, 앞말, 들말, 건넛말들과 같이 그 위치에 따르는 소지명들이 많다. 그 고을의 제일 큰 강을 큰 강, 제일 높은 고개를 높은 재, 범고개, 사슬고개라 부르고, 시장으로 통하는 길은 장고개로 부르는 예가 많다. 그 고장의 고유명사로 사용하고 있다.

고기古記에 열수列水가 한강이냐 대동강이냐? 압수鴨水가 송화松花의 압록이냐 요하遼河의 압록이냐? 또는 지금의 압록이냐 하는 문제는 역사가들의 오랜 논제가 되어 왔다. 그러나 '압수일명아리수鴨水一名阿利水'라 했은즉, 오열강烏列江, 구리하句麗河, 욱리하郁里河, 압자하鴨子河, 압록강鴨綠江이 다 아리수阿利水의 역譯인 것은, 이미 전의 사가史家들이 밝힌 바 있다. 아리수란 곧 장강長江이다. 그 시대, 그 시대에 따라 그 지역의 제일 큰 강을 '아리수'라 불렀던 것이다. 지역마다 자기 고장의 제일 큰 강을 '아리수', 제일 큰 고개를 '아리랑'이라 불렀다. 따라서 아리랑타령은 긴 고개 타령이다. 이 정 깊고 애수 깊은 장령長嶺을 노래하며 자기들의 길고 긴 인생을 노래했던 것이다.

아리랑은 우리에게 있어서 하나의 회상이요 애수다. 그러나 그 이상의 가치도 이상理想도 아니다. 차라리 슬펐던 과거의 회상이다. 그 고개는 벌써 신작로가 되고 자동차 길이 된 지 오래다. 다시금 그 고개를 넘어갈 필요는 없다. 만일 현실이 지나치게 악착하고 고달퍼서 순박하게 외롭던 그 시름이 오히려 달콤하게 느껴지는 것이라면, 그것은 분명 슬픈 일이다.

연암의
문장

1. 서두

　연암燕巖은 이조 영정英正 시대가 낳은 문호 박지원朴趾源의 호다. 내 연암을 들어 알기는 중학 2년 때였던가, YMCA서 위당 정인보 씨의 강연이 그 처음이다. 원래 해박하고 자세한 그라, 그 가계 환경에서 일화에 이르기까지 일일이 소개하고 나서『열하일기』,「양반전」등을 대충 소개하고「호질虎叱」은 원문을 등사 배부하여, 해석까지 해 가며 설명하는 것을 들었다. 나는 우리나라에도 이런 문장이 있었나 하고 경탄했었다. 사실 나는 한문이라면 중국의 경사나 팔대가문 정도, 소설이나 김성탄金聖嘆,『음빙실집飮氷室集』(근대 중국 양계초梁啓超의 문집) 정도가 고작이고, 우리나라 사람의 문집은 전혀 읽은 것이 없었다. 그러나 그 후 이럭저럭 연암도 잊어버리고 말았다.

그 뒤 십여 년 후의 일이다. 양주楊州 안흥리安興里 시골에 갔다가 비를 만나 어느 촌가에 들렀더니, 주인옹은 인사만 하고 들로 나가고, 어린 소동小童만이 신을 삼고 있었다. 일시는 전원의 취우驟雨의 광경이 상쾌도 했으나, 드디어 지리하고 무료하여 답답하기 시작했다. 마침 책상 위에 『열하일기』가 있는 것을 발견하고 읽다가 흥에 겨워, 나도 모르게 고성대독高聲大讀을 하기에 이르렀다. 이것이 인연이 되어, 이 집 젊은 주인 C 군과 친교를 맺게 되었었다. C 군은 젊은 한학도로 나보다 세 살이 위였었다. 그 후 C 군에게 연암의 글을 빌려 읽기도 하고, 서로 읽으며 떠들기도 했다. 그러나 나는 『연암집燕岩集』을 갖고 있지는 못했다.

그 후 H 형과 상종이 잦게 되어 한문 문장을 논난하는 때가 더러 있었는데, 『연암집』을 구하고 싶다고 했더니, 며칠 뒤에 자기가 가졌던 박영철이 발행한 『연암집』 한 질을 기증해 왔다. 그때 나는 비로소 『연암집』을 대충 통독한 셈이다. 나는 H 형을 만나 고맙다는 인사는 제쳐 놓고, 우선 연암 글부터 찬양하기 시작했다. 천하기문天下奇文이요 한국 문학 수천 년의 결정結晶이라고 했다. 추사秋史의 서書, 단원檀園의 화畵, 연암燕巖의 문文을 예원삼절藝苑三絕이라고 했다. 그는 몇 줄이나 읽고 또 야단인가, 연암밖에 겨우 읽은 게

없는 정저와井底蛙라고 웃었다. 그러나 실은 그도 연암의 독호가篤好家의 한 사람이었다. 이제 생각하면 그것도 삼십여 년이 훨씬 넘는 지나간 일이다. C 군이나 H 형이나 다 이 세상에서는 다시 만나 볼 수 없는 사람들이 되고 말았다. 이제 연암에 대한 내 이해가 얼마쯤 가까워졌는지는 모르나, 그의 글을 보는 각도와 관심도 자연 많이 달라졌다.

연암의 연구논문이나 소개나 저서 등도 많이 나와 있는 줄로 안다. 내가 새삼 소개할 필요도 없을 것이다. 또 그의 문학을 다각적으로 분석 정리하고 종합 평가하는 것은 학구적인 학자들의 할 일이요, 한인閒人의 소간사所干事가 아니다. 다만 내가 보는 각도에서 내가 하고 싶은 말을 할 뿐이다. 혹자, 타당성과 정작을 잃은 일변의 편견이 아니냐고 할 사람도 있을지 모른다. 그러나 이것이야말로 나의 가장 즐거워하는 바다. 내 붓은 어느 때나 자유로운 산책이다. 목적지와 일정을 가진 정기열차일 필요는 없다. 편집자가 정해준 매수 내에서 가는 대로 가다가 산록에서 해가 지면 산록에서, 산복山腹에서 해가 지면 산복에서 돌아서겠다.

2. 그의 소설

과거에는 소설을 천시해서 문학적 가치를 인정하지 않았다. 이름 있는 문인으로서 소설을 쓰는 이도 없고, 따라서 알려져 있는 작품도 없었다. 그러던 것이 신문학이 등장한 뒤에 소설이 등장하고, 19세기 이후에 서구에서 문단의 총아로 단편이 문학작품의 왕좌를 차지하게 되었다. 여기서 몇 편의 소설이 있어 큰 주목을 끌고, 새로운 평가를 받게 되었으니, 교산 허균이 『홍길동전』의 작가로, 서포 김만중이 『구운몽』, 『사씨남정기』의 작자로 새로운 각광을 받고, 매월당 김시습이 『금오신화』의 작자로서 세간에 떠오르게 된 것이다. 그러나 문학사적 가치는 별개 문제로 하고 작품 자체의 수준으로 봐서 매월당은 시인이요 소설가일 수는 없다. 이제 연암의 소설은 그 취재의 사회성, 그 신랄한 풍자, 그 빛나는 위트와 유머, 기경한 문장 등이 족히 독자의 흔상欣賞을 받을 만하고, 『금오신화』로는 비견도 안 되는 작품들이다. 그러나, 현대적인 안목으로 본다면, 그 구성에 있어서나 표현에 있어서나 일개 우화적 전기체의 문장을 벗어나지 못하는 수준 이하의 작품이요, 단편 이전의 단편들이라고 할 수밖에 없다. 「마장전」 「예덕선생전」 「광문자전」 「민옹전」 「양반전」 「김신선전」 「우상전」 「역학대도전」 「봉산학자전」 등 그 이름만 보아도 짐작이 갈 것이다. 문장체의 소설, 그 자체가 이미 그 수준을 결정짓는 것이니 구어가 아닌 문장체로는 생생한 성격 묘사는 불가능한 것이다. 그러므로 연암을 소설가로 높이 평가할 수는 없다.

3. 그의 『열하일기』

　연암의 대작으로 세간에 알려져 있는 것은 『열하일기』다. 『열하일기』는 정조 4년에 청나라에 사신으로 가는 족형 박명원朴明源을 따라 열하熱河까지 갔을 때의 기행문으로, 26권의 방대한 기행이다. 그 안에는 중국에서 보고 들은 것, 이용후생利用厚生의 실학을 소개한 것, 정치·경제·지리·역사·문학·서화·골동에 이르기까지 그의 해박한 지식이 보는 것마다 그의 독특한 필치로 엮어 나가, 아니 미친 데 없고, 필담이 수록되는가 하면 소설이 기록되고, 관광이 기록되는가 하면 고증이 들어 있고, 호방한 낭만이 있는가 하면 치밀한 사실이 있어, 거의 그의 문장의 전모를 보여 주고 있다. 그러나 워낙 호다浩多한 문장이니만치 무하완미無瑕完美한 전편全篇일 수는 없다. 가다가는 기奇를 위하여 무문농필舞文弄筆의 혐嫌도 없지 않고, 지나친 용변冗辯도 눈에 띈다. 당시에는 신기한 데 가깝던 지전설地轉說의 설명도 지금은 하나의 난센스로, 지구에 대한 그의 지식은 극히 유치한 것이었으며, "장관이 기왓장 자갈돌에 있다壯觀在瓦礫."느니 "똥덩어리에 있다在糞壤."느니 하는 기어奇語도 촌사람이 서울 구경하고 떠드는 격이요, 중국의 문물에 지나치게 흔모도 취欣慕陶醉하여 내 것을 살피는 데 등한하기도 했다. 지금 와서는, 다 옛날이야기의 한 토막에 불과한 것으로, 그대로 살아 있는 생명이 못 된다. 용벽用甓의 이利를 말한 것은 좋지만, 그렇다고 중국의 항炕이 우리 온돌보다 좋다는 것도 타당한 이론은 아니다. 그 기경다변奇警多辯 속에는 자연히 잡박한 혐嫌도 없지 않다. 다만 이것을 문학작품으로 다룬다면 어떻게 평가할 것인지 간단하지가 않다. 소위 동양에서 말하는 문장이란 것이 문학적 성격에서 어떻게 다루어야 할 것이냐 하는 것도 간단한 문제가 아니다.

4. 그의 문장

국문학사를 다루는 사람들이 연대순으로 작품을 열거하고 그 작품이나 작가를 높이만 찬양하면 그것이 국문학사가의 일인 줄만 안다. 저명한 고인古人의 작품이 나타나면 여러 각도로 좋은 점만 찾아 선양하거나, 옛것에서 현대적인 요소나 당시로서 시대에 앞선 것이 있으면 마치 세계적인 선구 문학자같이 경탄하거나, 그 시대의 양식과 비판이 강한 문장을 썼다고 해서 대혁명, 위대한 사상가로 존숭하거나, 한문 일색이던 시대에 국문으로 가사나 소설을 쓴 것이 나타나면 그 작품을 덮어놓고 과대평가하는 등은 극히 비학문적·비과학적 태도라고 생각한다. 문헌적 가치와 역사적 의의 또는 소재적 가치와 연구적 대상으로 큰 것과, 작품 자체의 평가는 스스로 별개의 문제다. 한 예를 들면 『홍길동전』은 사회소설, 혁명

소설로서 세간에 크게 평가되어, 우리나라 소설문학의 자랑거리로 치켜들고, 한 걸음 더 나아가 교산을 일대 혁명사상가, 위대한 이상가로 그의 일생의 업적을 전부 합리화, 위대화해서 선양하는 사람도 있지마는, 작품으로 볼 때, 소설문학으로 볼 때, 수준 이하의 작품이다. 나는 아직 그 진본을 정확히 모르거니와, 만일 세간에 전하는 그것이라면 문장조차 시문에 능한 그의 솜씨로서는 취할 것이 못 된다.

국문학사는 작품을 찬양하고 강조하는 데 있지 않고, 객관적으로 그 작품을 분절하고 변천 과정의 원인과 결과를 밝혀서 그 작품이 자리 잡은 역사적 위치를 말하는 데 있어야 할 것이요, 작품의 문학적 가치란 현대적 입장에서 본 일정한 기준에서 객관적으로 평가하는 것일 것이다. 우리가 셰익스피어의 작품을 위대하다고 할 때, 오늘 읽어 봐서 위대하다는 말이요 엘리자베스 시대로 봐서는 위대하다는 말이 아니며, 두보나 이백의 시가 위대하다고 할 때, 오늘 읽어 봐서 위대하다고 느끼는 것이요 당나라 때로서 위대했다는 말이 아니다. 그러므로 문학의 불후성이니 항구성이니 하는 것이 운위되는 것이다.

그러면 연암의 문장이 우리를 끌고 항상 읽혀지는 이유는 어디 있는가. 그것은 어느 글에서나 일관되어 흐르는 그의 산문정신에 있다. 평소에 쌓인 온축과 박학이 완전히 융화하여 체질이 되고 생활이 되어 사물을 볼 때마다 자기의 독특한 리듬을 타고, 위트와 유머를 풍기며 퍼져, 혹은 풍자도 되고, 혹은 우화도 되며, 고비마다 새로운 기축機軸을 열되, 어느 때 어느 줄을 퉁겨도 거문고는 거문고 소리, 비파는 비파 소리를 잃지 않는 것이 곧 산문정신의 가장 높은 경지다. 연암 문장의 진가는 여기서 찾아야 한다.

5. 그의 소품

나는 연암의 문장은 소설보다도 일기보다도 그의 소품을 기린다. 『열하일기』 중에도 편편이 그의 소품이 삽입되어 있으며, 소설에도 그의 소품적 수법이 나타나 있다. 서序·기記·인引·논論 등에서 우수한 작품을 많이 볼 수 있다. 다만 그가 구각舊殼을 완전히 탈피하지 못하여 재래식 정형문의 테두리 안에 국축시킨 것이 유감이지만, 그러나 그 속에서도 항상 자기의 새로운 창작 의욕을 발휘하여 참신한 기축을 보인 것은 높이 살 만하다. 속언俗諺·쇄담瑣譚·은어隱語·유사庾辭가 혼잡되어 있되 거칠지 않고, 고사故事·난구難句·벽자僻字가 삽입되어 있되 난삽을 모르고 읽을 수 있는 것은 억지로 찾아진 것이 아니요, 수수점철隨手點綴하되 문장이 유창하므로 오히려 하나의 색향色香을 더하고 있는 것이다. 또 그의 「도강록渡江錄」의 일례에서 보는 바와 같이 그 출발에 있어서,

내가 혼자서 먼저 말을 타고 출발하였다. 말은 자줏빛에 흰 정수리, 날씬한 정강이에 높은 발굽, 날카로운 머리에 잘룩한 허리, 그 두 귀가 쫑긋한 것이 진실로 만 리를 달릴 생각이 있는 듯하였다. 창대는 앞에서 고삐를 잡고 장복은 뒤를 따른다. 안장에는 쌍으로 주머니를 걸어, 왼쪽에는 벼루를 넣고 오른쪽에는 거울을 넣었고, 붓이 두 개에다 먹이 하나, 작은 공책 네 권과 이정록里程錄 한 축을 넣었다. 행장이 지극히 가벼우니 짐 검사가 비록 엄하단들 염려할 것이 없었다. 성문에 못 미쳐서 소나기가 한줄기 동쪽으로부터 몰려들기에 마침내 채찍을 서둘러 가서 성문 입구에서 말을 내려 홀로 걸어 문루에 올랐다. 성 아래를 굽어보니 홀로 창대가 말을 잡고 서 있고 장복이는 보이지 않는다. 조금 있더니 장복이가 나와 길가 작은 일각문에 서서 아래위로 바라보다가 삿갓을 치면서 비를 가리고, 손으로 작은 오지병을 들고서 설렁설렁 온다.

余, 獨先一騎而出, 馬, 紫騮而白題, 脛庾而蹄高, 頭銳而腰短, 竦其雙耳, 眞有萬里之想矣. 昌大前控, 張福後囑, 鞍掛雙囊, 左硯右鏡, 筆二墨一, 小空冊四卷, 程里錄一軸. 行裝至輕, 搜檢雖嚴, 可以無虞矣, 未及城門, 驟雨一陣, 從東而至, 遂促鞭而行, 下馬城闉, 獨步上樓. 俯視城底, 獨昌大, 持馬而立, 不見張福. 少焉, 張福出 立道傍小角門, 望上望下, 敲笠遮雨, 手提烏瓷小壺, 颯颯而來.

와 같은 치밀한 사실적인 묘사가 있는가 하면, 유혜풍柳惠風[혜풍은 유득공의 호]의 시를 읊으면서, 홀연히 이수易水를 건너는 형가荊軻

의 고사를 이끌어 기탕奇宕한 일문을 초하여 심회를 객관적 비유로 표현하는가 하면, 「요동백탑遼東白塔」에서 "좋은 울음터로다 울어 볼 만하고녀好哭場, 可以哭矣."란 정천입지頂天立地의 방성일곡放聲 一哭으로 도도한 일문을 초하여 낭만의 물결을 불러일으키기도 한다. 대개 그는 서사 설리說理에 가장 능하다. 다만 그 문장이 지나치게 유창하고, 4·4조를 기본으로 하는 일정한 억양과, 약간 진부한 예투와 다변에 흘러, 공안파公安派의 참배맛 같은 글이 가다가 경릉파竟陵派의 도토리 맛을 그립게 하는 일면도 없지 않다. 그러나 「도강록」에 중국의 동진두東盡頭 책문柵門에 이르러 그 번성한 것을 보고 "여기가 이러할 데야 더 가면 얼마나 굉장할 것인가. 기가 질리고 낯이 홧홧하여 되돌아가고 말까?" "아니다. 내 평생에 질투가 없더니 타국에 와서 만분지일도 못 보고 질투를 느끼다니, 이 본 것이 적은 탓이다. 여래의 혜안으로 시방세계를 보면 만사가 평등이 아닌가." "장복아, 너 이담에 중국에 태어나고 싶으냐?" "중국은 되놈의 나라라 살고 싶지 않소." "장님이 어깨에 금낭錦囊을 메고, 손으로 월금月琴을 타며 온다." "내 깨달았노니 저것이 평등안平等眼이 아닌가." 이와 같이 사건과 사건으로 연달아 이어 가며, 허虛에 실實을 담고 자취 없이 무드를 살려, 문장을 계속시키고 정회를 풍기는 서술법은 또한 높이 살 만하다.

6. 그의 문장론

그의 문장론의 핵심은 "법고이지변法古而知變, 창신이능전創新而能典"이라는 데 있다. 옛 법을 체득하되 변화시킬 줄을 알아야 하고 새것을 창조하되 전아해야 한다는 것이다. 그러면 그가 말하는 창신이란 어떤 것이며 지변이란 어떤 것인가. 그의 여러 문장에 산재해 있는 말들 속에서 찾아보기로 하자.

『서경』의 '옛것을 살피건대曰若稽古'란 말과 불경의 '나는 이같이 들었노라如是我聞.'는 바로 지금의 '다음과 같이 말합니다右謹陳.'와 같은 투식의 말일 뿐이다.

帝典之曰若稽古, 佛經之如是我聞, 乃今之右謹陳. (「영대정승묵자서映帶亭賸墨自序」)

「은고殷誥」와 「주아周雅」는 삼대의 당시 글이고, 승상 이사李斯와 우군右軍 왕희지는 진秦나라와 진晋나라의 시속 글씨입니다.

殷誥周雅, 三代之時文, 丞相右軍, 秦晋之俗筆. (「녹천관집서綠天館集序」)

나는 그대가 부화뇌동하기를 즐기지 않는 사람인 줄을 알겠고, 시문 지을 때 반드시 진부한 말을 제거하기에 힘쓰는 줄을 알겠다.

吾知子不喜雷同者也, 爲詩文, 必務去陳言者也.

그 새것을 만드느라 교묘하기보다는 옛것을 본받다가 촌스러운 것
이 낫다.

與其剏新而巧也, 無寧法古而陋也. (「초정집서楚亭集序」)

예를 잃으면 시골에서 구한다더니, 중원의 남은 제도를 보고자 하거
든 마땅히 연극 배우에게서 이를 구할 것이요, 여자 복장의 고아함을 구
하려거든 마땅히 고을 기생에게서 이를 볼 것이다. 문장의 성대함을 알
고자 하거든 나는 실로 역관의 천한 인사에게 부끄러워한다.

禮失而求諸野, 欲觀中原之遺制, 當於戲子而求之矣, 欲求女服之古雅, 當於邑
妓而觀之. 欲知文章之盛, 則吾實慚於鞮象之賤士. (「자소집서自笑集序」)

그 외에도 문장에 대한 이론은 더 많이 있다. 그러나 대개 고문
장이나 고문자를 고수하는 진부한 재래의 문장을 반대하고 시대에
맞는 현대적인, 사실적인 문장과 개성이 있는 독자적인 창작을 주
창한 점을 알 수 있다. 그러나 어디까지나 문장 표현에 관한 주창
에 그치고 문학론에까지 파고들지는 못했다. 그가 문장의 성聲·색
色·정情·경境을 들고 있지만, 실은 문장의 함축미와 여운을 말하고
묘사의 농담濃淡을 말하는 데 불과했다. "글이란 뜻을 묘사하는 것

을 위주로 한다文以寫意爲主."라 하고 "문득 옛말을 생각하고 억지로 경전의 뜻을 찾아, 뜻을 가장하여 근엄하게 하고 글자마다 장중하게 함忽思古語, 强覓經旨, 假意謹嚴 逐字矜莊"을 배격한 것은 재래의 진술과 개성이 없는 문장을 타파하고 사실주의적 경향을 보인 것으로 높이 평가할 수 있으나, 소위 그의 법고라는 관념이 드디어 그로 하여금 완전히 구각에서 탈피하여 소품문의 자유로운 경지를 열지 못하게 했다. 거기에 그의 창신의 한계선이 그어져 있었다.

그는 다음과 같은 글에서,

글을 잘 짓는 사람은 병법을 아는 것일까? 글자는 비유컨대 병사이고, 제목이란 것은 적국이며, 장고掌故는 싸움터의 진지이다. 글자를 묶어 구절이 되고, 구절을 모아 문장을 이루는 것은 대오 행진과 같다. 운으로 소리를 돕고, 사詞로 빛나게 하는 것은 피리나 나팔, 깃발과 같다. 조응이라는 것은 봉화이고, 비유는 유격의 기병이다. 억양반복하는 것은 끝까지 싸워 남김없이 죽이는 것이고, 제목을 깨뜨린 후 묶어 주는 것은 먼저 올라가 적을 사로잡는 것이다. 함축을 귀하게 여기는 것은 반백의 늙은이를 사로잡지 않는 것이요, 여운이 있는 것은 군대를 떨쳐 개선하는 것이다.

善爲文者, 其知兵乎, 字譬則士也, 題目者, 敵國也, 掌故者, 戰場墟壘也, 束字爲句, 團句成章, 猶隊伍行陣也, 韻以聲之, 詞以耀之, 猶金鼓旌旗也, 照應者, 烽埈

也, 譬喩者, 遊騎也, 抑揚反復者, 鏖戰撕殺也, 破題而結束者, 先登而擒敵也, 貴含蓄者, 不禽二毛也, 有餘韻者, 振旅而凱旋也. (「소단적치인騷壇赤幟引」)

가장 구체적으로 구문법을 자字·의의意·제목題目·장고掌故 등과, 구句·장章·운운韻·조調·조응照應·비유譬喩·억양抑揚·반복反復·파제破題·결속結束·함축含蓄·여운餘韻 등으로 교묘하게 설명하고 있지만, 작문 문장 강화 같은 진부한 문장론에 불과한 것으로, 그의 법고도 이쯤 되면 나는 차라리 니고泥古를 벗어나지 못했다고 본다. 그의 「옥새론玉璽論」을 읽어 보면 그 준정峻正한 입론, 그 근엄강개한 문장, 그의 주창主唱인 설증취승說證取勝의 성공 등이 당송팔가문에 필적할 수 있다고 하겠으나 고문장에 속할 것이요, 다만 결미 일절에서 연암의 수필적인 기세를 보였을 뿐이다. 그의 「이존당기以存堂記」를 읽어 보면 그 서술의 교묘함과 문장의 유려함이 한번 읽어 기환을 느낄지 모르나, 결국 사물四勿(非禮勿視 非禮勿聽 非禮勿言 非禮勿動)의 주각註脚에 불과하며 농필허사弄筆虛辭에 그칠 뿐이니 진부한 필치라 할 것이다. 그는 분명히 법고에 사로잡혀, 문학의 새로운 경지에까지 개혁창신의 개탁을 이루지 못했다.

매탕梅宕이 추녀 끝에 늙은 거미가 거미줄 치는 것을 보고서 기뻐하며 하는 말이 "묘재라, 느릿느릿 멈추고 있으니 생각에 잠긴 듯, 확 내갈기니 얻음이 있는 듯, 씨를 뿌리는 사람의 발꿈치인 양지근지근 밟으며 돌더니 거문고 타는 손가락같이 움직여 간다." 여기서 거문고 곡조를 얻고, 글을 얻었다는 것이다. 「하야연기夏夜讌記」 속에 있는 노주지해老蛛之解의 일단을 간추려 본 것이다. 나는 이것을 하나의 문장론으로 본다. 이 얼마나 취미 있는 말인가. 이것이야말로 위에 열거한 모든 그의 문장론을 썼을 수 있는 최고의 문장론이다. 자연의 리듬에서 우주 창조의 질서를, 자연의 법리法理에서 문학을 창조한다면 진실로 법고창신이 아닌가. "옛날 이전의 옛날에서 본받아法於古以前之古" "내 전에도 뒤에도 없을 글을 창작創我前無後無之文"한다면 불역위재不亦偉哉아. 장자莊子의 해우解牛가 곧 이것이 아닌. 그러나 연암의 글에서 과연 이 말에 해당할 글이 몇 편 있는가.

7. 연암의 불행

연암의 불행은 한국 문학의 불행이요, 현대 산문문학의 불행이다. 그와 같은 천품, 그와 같은 재질로 시대와 환경의 국한됨이 이와 같은 것인가.

그처럼 새로운 지식, 새로운 문명을 갈구하는 의욕적인 사람도 드물었다. 태서의 과학, 태서의 문물에 접해 보려고 열망하고 있었다. 그러나 길을 얻지 못했다. 담헌 홍대용의 지동설地動說을 듣고 환희작약했으며, 중국에 가서 서양인을 만나 보려 했으나 만나 볼 기회가 없었고, 풍금을 신기한 눈으로 들여다보고, 예배당 유리창 너머로 벽에 걸린 유화를 보고 그 입체감에 황홀했던 것이 고작이었다. 만일 그가 일찍이 서구의 문학에 접할 수가 있었다면, 한국의 문학 또한 달라졌을 것이다.

그는 중국에 가서 외관에서나마 많은 것을 얻었다. 『열하일기』의 대작도 거기서 나왔다. 그러나 그는 중국에서 이렇다 할 인물을 만날 기회가 없었던 모양이다. 중국을 대표할 만한 작가나 문인을 만나지 못했다. 애써 사귄 사람이 겨우 예속재藝粟齋·가상루歌商樓·육일루六一樓에서 필담을 나눈 몇몇 사람들이지만, 그들은 연암에게 영향을 줄 만한 대가가 못 된다. 연암의 하수들에 불과했다. 그는 명청문明淸文의 영향을 받은 것은 사실인 듯하나 만명晚明 소품 작가들의 발랄한 낭만 사조를 받아들이지 못했다. '독서성령獨抒性靈' '불구격투不拘格套'의 창신이 아쉬웠다. 그의 창신과 만명 작가 원중랑袁中郎의 창신과 대조해 보자. "옛날에는 옛날 때요, 지금은 지금의 때다. 옛사람의 언어의 자취를 다룬다는 것은 옛날의 엄동에 입던 옷을 보고 여름에 솜옷이 좋다는 따위다." "내 글에는 가처佳處도 있고 자처疵處도 있으리라. 나는 그 자처를 극히 기뻐한다. 소위 세인世人의 가처란 것은 근대 문인의 기습을 완전히 벗지 못한 것들이다." 연암에 비해서 훨씬 철저하지 아니한가.

의리를 강론하지 아니하고 형식을 강론하지 아니한다. 위로는 우주로부터 아래는 창승蒼蠅에 이르기까지, 산에 노닐고 물에서 놀며 이치를 말하고 정을 펼쳐 붓 가는 대로 솔직하게 쓴다. 쓸 것이 많으면 길고 쓸 것이 적으면 짧을 뿐, 내 마음에 따라 조금도 얽매임이 없다. 결코 세상에 수응하여 벼슬을 구하는 문자는 짓지 않겠고, 고문高文이나 전책典冊은 쓰지 않는다.

不講義理, 不講形式, 上至宇宙, 下至蒼蠅, 遊山沅水, 說理抒情, 隨筆直書, 多寫便長, 小寫便短, 隨心所欲, 毫無滯碍, 決不作應世干祿的文字, 不用作高文典冊.

이것이 곧 산문정신의 최귀最貴의 경지다. 그러므로 이 삼원문학三袁文學은 현대 중국 신문학에 큰 영향을 기여했던 것이다. 원중랑은 가장 먼저 현대 산문문학의 이론을 제시했으나, 그를 충족시킬 만한 재질이 없었다. 그리하여 드디어 장대張岱를 기다려야 했다. 그러나 연암은 그 재능과 기질을 갖고도, 그 문학의 식견과 문장의 이론이 미급했었다.

연암의 글에 다음과 같은 구절이 있다.

통속적인 말은 모두 고아한 말이다. 이제 여염의 사이에서 부스럼을 가리켜 '고까'라 하고 식초를 불러 '단것'이라고 한다. 어린 계집아이가 마을의 할멈이 '단것'을 판다는 말을 듣고 꿀이려니 짐작하고서 어미의 어깨에 기대 손가락으로 찍어 맛을 보더니, 상을 찡그리며 "아이, 셔! 어째서 달다고 말한단 말야?" 하였다.

邇言, 皆爾雅也. 今閭閻之間, 指癩謂麗, 喚醋爲甘. 幼女聞里媼賣甘, 意其蜜也, 依母肩, 染指嘗之, 瞞曰酸也, 云胡作甘.

미상불 묘한 묘사라 할 것이다. 그런데 '지절위려指癩謂麗, 환초위감喚醋爲甘'이란 말은, 서울서 '헌데 딱지'를 '고까'라 하고 식초를 '단것'이라 한다는 말이다. 한국말을 모르는 사람으로서야 이 말을 알 수 있을까? 물론 뜻이야 짐작하겠지만 이렇게 군색한 표현을 하나의 묘기로 만족하면서 정음을 활용하려 아니 한 것도 이해할 수 없다. 그로서 훈민정음에 대한 연구도 있을 법한 일이고, 이미 송강 가사, 고산 시조도 있은 지 오래되었으니 한번 국어문학을 개척해 봄직도 하건만, 그의 모화사상, 한문 절대주의는 그의 가능한 천부의 소질을 여기에 끼치지 못한 것도 가석한 일이다. 그는 자국의 문화에 대해서는 깊은 이해와 식견을 갖지 못했다. 그가 이른바 한국적인 것의 활용은 단지 중국의 일지방적 향토성을 가지려고 한 데 불과했다. 다음에 이론을 들어 보자.

패邶와 회檜의 사이에 땅이 풍토가 같지 아니하고, 강수江水와 한수漢

水의 위가 백성의 풍속이 제가끔인 까닭에 시를 채집하는 자가 열국의 노래로 삼아 그 성정을 살피고 그 노래의 습속을 징험하였으니, 다시 이 시가 예스럽지 않을 줄 어찌 의심하겠는가. 만약 성인으로 하여금 제하 諸夏에서 일어나 열국의 노래를 살피게 한다면 (중략) 비록 조선풍이라고 말해도 괜찮을 것이다.

邶檜之間, 地不同風, 江漢之上, 民各其俗, 故采詩者, 以爲列國之風, 攷其性情, 驗其謠俗也, 復何疑乎此詩之不古耶, 若使聖人者, 作於諸夏, 而觀風於列國也 (中略) 雖謂朝鮮之風可也.

그는 중국의 한 열국으로서의 국풍이 되기를 원하고 있는 것이다. 다음의 서포 김만중의 소해所解와 비교해 보자.

사람 마음이 입으로 펴 나는 것이 말이 되고, 말에 가락이 얹힌 것은 시가문부詩歌文賦가 된다. 사방의 말이 비록 같지 않지만 진실로 능히 말할 수 있는 것이 있어 그 말로 인하여 가락을 얹게 되면 모두 천지를 감동시키고 귀신과 통하기에 족할 것이니, 유독 중화의 것이라야만 하는 것은 아니다. 이제 우리나라의 시는 그 말을 버리고 다른 나라의 말을 배우니, 설령 십분이나 서로 비슷하다 해도 단지 앵무새가 사람 말하는 것일 뿐이다. 그러나 뒷골목의 나무하는 아이나 물 긷는 아낙이 흥얼대면서 서로 화답하는 것은 비록 비루하다고는 해도, 만약 진짜와 가

짜를 논한다면 진실로 학사대부의 이른바 시라는 것과 더불어 한가지로 논할 수가 없다.

人心之發於口者, 爲言, 言之節奏者, 爲詩歌文賦. 四方之言, 雖不同, 苟有能言者, 因其言而節奏之, 卽皆足以動天地, 通鬼神, 不獨中華也. 今我國詩, 捨其言而學他國之言, 說令十分相似, 只是鸚鵡之人言, 而閭巷間, 樵童汲婦, 咿啞而相和者, 雖曰鄙俚, 若論眞贗, 則固不可與學士大夫, 所謂詩者, 同日而論哉.

창신을 부르짖되, 그 구각을 탈피하려 함이 삼원三袁에 못 미치고, 한국적인 것의 구사와 이속俚俗을 꺼리지 않고 사실에 충실하려 하되 기왕의 서포의 견해에 못 미침이 또한 연암 문학의 불행이 아닌가. 이것이 또한 한국 문학의 불행이다. 또 그의 문장에서 정형 격투를 떠나서 비교적 자유로운 산문으로 가편을 보여 준 것은「공작관문고자서孔雀舘文稿自序」,「마수홍비기馬首虹飛記」,「취답운종교기醉踏雲從橋記」,「하야연기夏夜讌記」,「발승암기髮僧庵記」,「수소완정하야방우기酬素玩亭夏夜訪友記」를 들 수 있고,「증백영숙입기린협서贈白永叔入麒麟峽序」를 그의 대표작으로 볼 것이다.

8. 다시 연암 문학으로 돌아와서

백영숙을 보내며

영숙은 장성의 후예다. 그의 선조가 나라를 위하여 목숨을 바친 충렬은 지금도 아는 이들은 슬퍼한다. 영숙은 서예에 능하고 장고에 밝다. 소시에 말도 타고 활도 쏘았다. 무과에도 뽑혔다. 시운을 못 타 세상에 나서지는 못했으나, 나라를 위하여 목숨을 바치려는 장한 뜻은 그 선조의 충렬을 이음 직하고 사대부들에 부끄럽지 않다. 아, 그는 왜 길이 산협 두메에 묻혀 살아야 하는가.

영숙이 일찍이 나를 위해 금천 연암 산협에 집터를 잡아 준 적이 있었다. 깊은 산, 험한 길, 종일 걸어도 사람 하나 만날 수 없었다. 갈대 우거진 벌판에 서로 말을 세우고 서서 채찍으로 언덕을 가리키며 "저기다 뽕을 심어 울을 하고 화전을 일구면 조 천 석은 거두리." 이런 소리를 하며 쇠를 쳐서 불을 질렀다. 바람에 불이 일어나자 푸드득 꿩이 날아갔다. 작은 노루 한 마리가 튀어나왔다. 영숙은 팔을 걷어붙이고 쫓아갔다. 천변까지 쫓아갔다가 돌아오며 "백 년도 못 되는 인생, 답답하게 산협 속에서 꿩, 토끼와 시를 건가." 하며 나를 보고 큰 소리로 껄껄 웃었다.

이제 영숙은 송아지 한 마리를 끌고 기린협으로 들어가는 것이다. 그것을 길러서 밭을 갈겠다는 것이다. 그 고장에는 소금도 메주도 없다. 산아가위를 짓찧어서 장을 만들어 먹어야 한다. 전날 연암보다 몇 갑절이나 깊은 산협인가. 그는 갈림길에 서서, 나를 돌아보며 머뭇머뭇 배회하고 차마 떠나기가 어려운 듯했다. 누가 감히 그의 가는 길을 막으랴? 나는 그 뜻을 장히 여기고 그 궁함을 슬퍼하지 아니하련다.

永叔將家子, 其先有以忠死國者, 至今士大夫悲之, 永叔 工篆隷, 嫺掌故, 年少善騎射, 中武擧. 雖爵祿拘於時命, 其忠君死國之志, 有足以繼其祖烈, 而不媿其士大夫也. 嗟呼, 永叔胡爲乎盡室穢貊之鄕. 永叔嘗爲我相居於金川之燕岩峽. 山深路阻, 終日行, 不逢一人, 相與立馬於蘆葦之中, 以鞭區其高阜曰, 彼可籬而桑也, 火葦而田, 歲可粟千石, 試敲鐵, 因風縱火, 雉格格飛, 小獐逸於前, 奮臂追之, 隔溪而還. 仍相視而笑曰, 人生不百年, 安能鬱鬱木石居, 食粟雉兎者爲哉. 今永叔將居麒麟也, 負犢而入, 長而耕之, 食無鹽豉, 沈楂梨而爲醬, 其險阻僻, 遠於燕岩, 豈可比而同之哉. 顧余徊徨岐路間, 未能決去就, 況敢止永叔之去乎, 吾壯其志而不悲其窮. (「증백영숙입기린협서贈白永叔入麒麟峽序」)

내 여러 가지로 그를 폄貶하고 불만을 말했다. 그러나 그런 말로 해서 연암 문장에는 일호의 손損도 없다. 그의 글은 너무나 크다. 보라, 이 일편만으로도 족히 웅시雄視할 수 있지 아니한가. 인품과 교분과 처지와 추억이 생생하다. 박력 있는 굴곡과 억양 있는 격조가 스스로 강개한 여운을 남기며 결미 자못 비장하다. 원문의 진미를 전할 수 없음을 한하여 위에 원문을 실었다. 명청 소품, 아니 현대

세계 수필 문장 어디에 비해도 그 존재는 뚜렷하다. 다시 다음 한 편을 들어 보자.

송욱宋旭

송욱이 술이 취해서 자다가, 아침에 깨었다. 누워 듣자니, 솔개미 소리, 까치 소리, 거마의 떠드는 소리, 울 밑에서 절구질 소리, 부엌에서 설거지하는 소리, 늙은이 목소리, 어린애 소리, 꾸짖는 소리, 기침하는 소리, 온갖 소리가 다 나는데, 오직 제 소리만이 안 들린다. 머엉하니 중얼거리는 말이 집안 식구는 다 있는데 왜 내 소리만 없나? 눈이 둥그레 둘러보니, 옷은 횃대에 걸려 있고, 갓은 벽에 걸려 있고, 옷걸이에 허리띠며 책상 위에 책이며 다 그대로 있고, 거문고, 비파도 세로 모로 놓여 있고, 대들보에 거미줄, 벽에 붙은 파리, 방 안에 있을 것은 다 있는데, 송욱이 저만 없지 아니한가. 벌떡 일어나 누웠던 자리를 보니, 베개는 남쪽으로 있고 이불은 들려 있는데, 그 속을 보니 송욱이가 없다.

"아이구, 이놈이 미쳐서 알몸으로 내뺐구나. 불쌍한지고."

꾸짖었다, 웃었다 하면서 옷을 주섬주섬 한 아름 안고, 입혀 주려고 한길로 뛰어나갔다.

"송욱이, 송욱이." 소리쳐 불러도 송욱이는 안 보인다.

이 얼마나 함축 있고 풍자적이며 재미있고 여운 있는 글인가. 그러나 이 삽화가 정형문 속에 끼어서 훨씬 의미를 제한당하고 있다. 이런 대문은 연암문 도처에 삽입되어 있다. 연암문은 수필 소재의 보고요, 광산이다. 또 하나의 삽화인 어느 과부댁 이야기를 간추려서 내 글을 끝막자.

"내일 조정에 들어가면 그 사람의 청환淸宦은 막아야 합니다."

형제가 의논하는 말을 그 어머니가 들었다.

"그 사람은 어떤 일이 있기에 그러느냐?"

"과부댁 가정으로 소문이 좋지 못합니다."

어머니가 깜짝 놀라며,

"남의 집 규방의 일을 어떻게 알았니?"

"들리는 소문입니다."

"들리는 소문? 눈에 보이지도 않고 손에 만져지지도 않고 코로 맡아지지도 않으면서 퍼지는 풍문, 풍문을 듣고 남을 평해? 더구나 너희들은 과부의 자식이 아니냐? 과부의 자식으로 과부를 탓해? 게 있거라. 네게 보여 줄 것이 있다."

품 속에 싸고 싸 두었던 물건 하나를 꺼냈다. 한 겹 두 겹, 겹겹이 소중하게 싼 것을 풀더니 동전 한 잎을 꺼냈다.

"이 동전에 글자가 있나 봐라."

"다 닳아서 없습니다."

"테두리는 있나?"

"닳아서 없습니다."

"내 손에서 다 닳아 없어졌다. 이것이 네 어미의 인사부忍死符다."

하며 눈에는 이슬이 맺혔다.

"사람이란 혈기가 있으면 정욕이 있게 마련, 외롭고 슬프면 정욕은 더한 것, 과부도 사람인 이상 정욕이 없으랴. 과부는 외롭고 슬픈 사람. 타 들어가는 등잔 밑에서 홀로 새벽을 기다리는 슬픔, 처마 끝에 낙숫물 듣는 소리, 창에 비치는 달빛, 뜰에 낙엽 지는 밤, 외기러기 울고 갈 때 철모르는 치비穉婢의 코 고는 소리, 첫닭은 아직도 울랑 멀고, 이때면 나는 지향할 길 없이 이 동전을 굴리면서 혼자 밤을 새웠던 것이다. 둥근 것이 돌다가 쓰러지면 또 굴리고, 또 쓰러지면 또 굴리고, 하면 하룻밤은 밝는다. 한 십 년 지나더니, 밤새에 한 번, 열흘에 한 번, 또 몇 해 지내더니 반으로 줄어, 또 오 년 후에는 혹 생각나면 반년에 한 번, 이제 와서는 내 혈기도 다 쇠했다. 다시는 이 돈을 굴리지 않는다. 그러나 오히려 이렇게 겹겹이 싸서 소중히 간직한 것은 옛 공을 잊지 못해서요, 스스로 나를 경계함이다."

드디어 세 모자는 서로 얼싸안고 흐느껴 울었다.

연암의 특색 있는 글솜씨를 알 것이다.

윤오영론

정민

내가 윤오영 선생의 수필을 처음 읽은 것은 고등학교 시절 교과서에 실린 「마고자」란 글을 통해서였다. 그 후에도 선생의 「방망이 깎던 노인」, 「소녀」 등의 글이 각종 교과서에 계속 실린 것을 보았다. 선생의 수필에는 그만의 독특한 체취가 서려 있다. 그것은 서양의 수필과는 확실히 계선을 달리하는 전통적 방식의 글쓰기에 연원을 두고 있는 것인데, 종종 그의 글을 읽다 보면 명말청초 이래의 소품 산문을 읽는 느낌에 빠져들게 된다. 간결하고 절제된 문체가 그 렇거니와, 그 글에서 느낄 수 있는 문정文情과 문사文思가 특히 그 렇다.

종래 수필을 이야기하는 것을 보면 경계가 모호할 뿐 아니라 범위 또한 막연하기 그지없다. 시와 소설을 제외한 산문으로 된 잡기

류의 글들을 모두 아우르는 어중간한 개념으로 수필을 규정하는 것을 흔히 보게 된다. 선생은 『수필문학입문』이란 저서를 통해서 수필문학에 대한 투철하고 명확한 생각을 펼쳐 보인 바 있다.

그는 동양 수필의 연원을 항고혁신抗古革新의 만명晩明 소품문 운동에서 찾았다. 수필이 자유로운 산문이기는 해도 어디까지나 문학작품으로서의 자유로운 산문이라고 했다. 수필을 하나의 문학작품으로 볼 때 흔히 수필이라고 일컫는 세간의 비문학작품적인 문장들은 한낱 잡문에 불과하다는 것이다. 지성을 기반으로 한 정서적·신비적 이미지로 된 문학이 곧 수필이니, 수필이란 가장 오래된 문학 형태인 동시에 가장 새로운 문학 형태요, 아직도 미래의 문학 형태라고 했다.

그는 수필을 곶감에 비유했다. 곶감을 만들려면 먼저 그 고운 껍질을 벗겨야 한다. 좋은 글이 되려면 먼저 문장기文章氣를 벗겨야 하는 것과 한가지 이치다. 그다음엔 시득시득하게 말린다. 그러면 속에 있던 당분이 겉으로 드러나 하얀 시설柿雪이 앉는다. 만일 덜 익었거나 상했으면 시설은 앉지 않는다. 시설이 잘 앉은 다음에 혹은 납작하게, 혹은 네모지게, 혹은 타원형으로 매만져 놓는다. 글쓰는 이의 개성을 말한다. 감은 오래가지 못하지만 곶감은 오래간다.

수필의 정신은 산문정신이니, 평소에 쌓인 온축과 박학이 완전히 융화되고 체질화되고 생활이 되어 사물에 접할 때마다 자기의 독특한 리듬을 타고 흘러, 혹은 유머도 풍기고 혹은 위트도 빛내며, 혹은 풍자도 되고 혹은 우화도 되며, 구비마다 새로운 기축機軸을 열되 어느 때 어느 줄을 튕겨도 거문고 소리는 거문고 소리, 비파는 비파 소리를 잃지 않는 것이 산문정신의 높은 경지라고 했다.

수필은 자유로운 산문이다. 이때 자유롭다는 말은 고전 문장의 일체의 규격과 제한된 사상에서 탈피하는 것이라 했다. 탈피란 허물을 벗는다는 뜻이다. 허물이 없고서야 탈피가 있을 수 없듯이, 과거의 문장을 모르고 전통을 계승한 바 없고 대가에 사숙私淑한 바가 없으면 탈피할 무엇도 없을 것이라고 했다.

내가 원중랑의 글을 읽은 뒤에 비로소 과거의 고전 문장이 오늘의 글이 될 수 없다는 것을 알았다. 과거의 고문을 다 털어 버렸다. 그 후 십년간 나는 공안파의 글이 아니면 읽지 않고, 공안파의 글이 아니면 쓰지 아니했다. 그러다가 담원춘의 글을 읽고 나서 십 년간 노심해서 쓴 내 글의 무차치함을 알고 다 불살라 버렸다. 그리고 나서 나는 경릉파의 글만을 오직 애독하고 경릉파의 글만을 써 왔다. 무릇 칠 년간을 그렇게 해 왔다. 그러나 나는 차차 그 글에 불만을 느끼고 또 다 불에 태워 버렸다. 그리고 나서 나는 내 자의에서만 글을 쓰고 내가 창조한 글만이 내법이 되었다. 지금 내 글은 오직 장대의 글일 뿐이다.

그가 『수필문학입문』에서 인용하고 있는 만명晚明의 문장가 장대張岱의 글은, 사실은 수필의 바른 자리를 찾기 위해 연구하고 고심참담했던 자신의 여정을 말한 것이다.

그가 일생을 두고 강조했던 것은 잡문의 통속수필이 아닌 문학수필의 수립이었다. 그는 문학수필과 통속수필의 차이는 문학소설과 통속소설과의 차이와 같다고 했다. 수필은 전체에서 하나의 시격詩格을 얻어야 하는데, 이것이야말로 동양적인 수필의 높은 경지라고 보았다. 수필에는 정해진 형식이 없다. 수필은 그 사람의 개성적인 성격과 그 나라 그 민족의 고유한 전통에서 오는 언어 기습氣習의 생명과 호흡과 체취로 이루어지는 문학이라는 것이다. 동양에 있어서 고전 문장은 수필의 모태다.

수필문학에 관한 이론서는 이미 출간된 것만 해도 수십 종을 헤아린다. 그렇지만 수필의 개념과 추구하는 목표가 그의 글에서처럼 이렇게 선명하고 명확하게 설명된 것은 찾아보기 드물다. 그의 글을 읽다 보면 반복적으로 나타나는 이름이 있다. 우리나라에서는 연암 박지원이 그 사람이고, 중국에서는 김성탄과 장대가 그 사람이다. 특히 그는 박지원의 산문을 몹시 아껴, 글쓰기의 재료로 수도 없이 활용하였다. 김성탄과 장대의 문학정신은 선생의 글 속에 혹은 제재로, 혹은 표현으로 형상화되어 녹아들어 있음을 보게 된다.

연암이 말한 "법고이지변法古而知變, 창신이능전創新而能典"은 그의 글쓰기 정신의 바탕이었다. 옛것에서 배워 왔으되 시대에 맞게 변화시켰고, 전에 없던 새것을 만들어 냈지만 능히 법도에서 벗어남이 없었다. 배웠지만 같지 않을 수 있었던 것은 한유韓愈의 "사기의師其意 불사기사不師其辭"의 정신을 잘 체득했던 때문이다. 배울 것은 옛사람의 정신이지 말투나 표현이 아니다. 껍데기는 버리고 알맹이를 가져오되 지금의 그릇에 담았다. 수필이 가장 오래된 문학이면서 미래의 문학일 수 있는 까닭이 여기에 있다. 몇십 년 전에 쓴 글이고, 옛날의 일을 적은 것인데도 지금 읽어 전혀 생소하지 않은 것은 '모동심이貌同心異'의 껍데기를 추구하지 않고, '심동모이心同貌異'의 살아 있는 변화를 추구했기 때문이다.

찰스 램이나 엘리아의 수필집에서만 수필문학의 연원을 찾고, 서양의 수필만을 수필로 알던 우리에게, 선생은 동양 고전 수필의 깊고 아름다운 세계를 열어 보였다. 그리고 그 바탕에서 우러나온 한국적 수필의 진수를 실제 작품을 통해 선보였다. 그 말투가 예스러워서가 아니라 글 안에 담긴 정신이 옛 선비의 카랑카랑한 음성을 듣는 듯한 느낌을 주어, 우리 수필문학에 새로운 경지를 열었다고 일컬어진다.

그의 문체는 간결하고 깔밋하다. 군더더기가 없고 함축과 여운이 유장하다. '언유진이의무궁言有盡而意無窮', 말은 다 끝났는데 마음속의 울림은 종소리의 파장처럼 쉬 가시질 않는다. 그 소재는 기이하지 않고 모두 일상에서 보고 듣고 느낀 것에서 취해 왔다. 깍두기처럼 지극히 평범한 소재에서 취하고 재래에 있던 여러 방법에서 가져왔으되, 전에 맛보지 못한 전혀 새로운 맛을 만들어 냈다.

내가 거울을 꺼내 지금의 나를 살펴보다가 책을 들춰 그 사람의 글을 읽으니, 그 사람의 글은 바로 지금의 나였다. 이튿날 또 거울을 가져다 보다가 책을 펼쳐 읽어 보니, 그 글은 다름아닌 이튿날의 나였다. 이듬해 또 거울을 가져다 보다가, 책을 펴서 읽어 보니 그 글은 바로 이듬해의 나였다. 내 얼굴은 늙어 가면서 자꾸 변해 가고 변하여도 그 까닭을 잊었건만, 그 글만은 변하지 않았다. 그러나 또한 읽으면 읽을수록 더욱더 기이하니, 내 얼굴을 따라 닮았을 뿐이다.

순조 때의 문장가 홍길주洪吉周는 수십 년간 연암 박지원의 문집을 구하지 못해 애를 태우다가 마침내 이를 읽고 느낀 감회를 이렇게 썼다. 세월이 지나 사람의 모습은 변해도 그 글을 읽는 감동만은 조금도 변함이 없음을 이렇게 말한 것이다. 나는 윤오영의 수필을 읽다가 홍길주의 감회를 새삼 떠올렸다.

문여기인文如其人, 즉 글이 곧 그 사람이란 말은 옛사람이 늘 일러 오던 이야기다. 하지만 글에 교언영색이 난무하고 허세과장이 넘치다 보니, 그 글만 읽어서는 그 사람을 알기가 어려워진 세상이 되었다. 그러나 선생의 수필에는 그의 육성과 체취가 지금도 살아 있다. 군이 그를 만나 보지 않았어도 그 글을 읽으면 그와 마주하고 있는 느낌이 든다.

1970년에 간행된 선생의 수필집은 그 제목이 『고독의 반추』이다. 반추란 되새김질의 뜻이니 고독을 씹고 곱씹어 음미하고 사색하는 데서 우러나온 소담스런 낙수들을 모았다는 뜻이다. 그는 다른 문학은 마음속에 얻은 것을 밖으로 펴지만 수필은 밖에서 얻은 것을 안으로 삼키는 것이어서, 수필은 자기를 대상으로 한 외로운 독백일 수밖에 없다고 말한 적이 있다. 그의 수필이 바로 그렇다. 그 외로운 독백이 넋두리나 푸념으로 흐르지 않았던 데서, 고금의 문장에서 제혼섭백提魂攝魄하여 격조와 품격으로 승화시킨 그의 정신의 아득한 높이와 만나게 된다. 그의 수필은 한국 수필이 거둔 가장 빛저운 수확의 하나다.